「自分で脱いで着替えることもできないの？　子供みたい」
「俺を怒らせて逃げようとしてるんだろうが無駄だぞ。早くしろ」
JN065735

Contents

妃教育から逃げたい私2

沢野いずみ

PASH!文庫Fiore

今私は危機に瀕している。

「没落するぅー！」

叫びながらベッドへダイブする。貴族がそんなことをしてはいけないと諫める者もいない。どうしてかというと先ほど述べた通り、我が家は没落一歩手前だからである。よって使用人はすべていなくなった。貴族で使用人が一人もいない家など聞いたことがない。だが現実問題、我が家には一人もいない。残ると言ってくれた者たちも解雇した。

なぜなら……何度も言うが、我が家は没落寸前。給金を払ってあげられないのだ。

金がないどころか借金まである。こうなると、この危機から脱する手立てはひとつしかない。

玉の輿に乗ること。これしかない。

「なのに！　相手が捕まらない！」

夜会用のドレスをぐしゃぐしゃにしながら、私は叫んだ。

「ブリアナ？」

この家の女主人、男爵夫人が扉を開けてこちらの様子を窺っている。後ろには当主である男爵もいる。

「その……辛かったらもういいのよ？　うちのことは気にしないで」

夫人は悲しげに眉を下げながら言う。私はその言葉にがばりと体を起こした。

「いいえ！　お母様！　まだまだこれからです！」

へこたれている場合ではない。夜会で相手が見つからないぐらいなんだ。また次の夜会で頑張ればいいのだ！

そう言うと男爵夫妻は困った顔をする。ああ、そんな顔をさせたいわけではない。

なんとかして金持ちを捕まえて恩を返さないと！

私は決意を新たに、拳を握りしめた。

この家に拾われて十二年。何を隠そう、私はこの夫婦の本当の子供ではない。孤児院から引き取ってもらえた運のいい、生みの親が誰かもわからないただの娘だ。なので夫妻は私の育ての親ということになるが、それを感じさせないほどの愛情をかけて育ててもらえた。

子供に恵まれなかった夫婦が、男児ではなく女児である私を引き取ったのは、単純に女の子が欲しかったかららしい。この国では女性でも爵位を継ぐことが認められているためでもある。

おかげで私は跡取りとして教育を受けながら溺愛されて育った。男爵という低位貴族ゆえ、結婚相手も私が愛する男性なら庶民でもいいと言ってくれるほどで、私も高望みせず、婿入りしてくれる優しい庶民男性と結婚しようとのんきに考えていたのである。

ところがどっこい。事態が急変したのは二年ほど前である。

義父、騙(だま)されて借金をこさえてきた。

人の好(よ)さにつけ込まれてあっというまに全財産なくなった。もはや私たちにあるのは名ばかりの爵位と、借金だけである。

代々続いたこの家も終わりだと義父母が涙するのを見て、私は覚悟を決めた。

金のある男性と結婚する。

幸い私は若く、体は妖艶(ようえん)に育った。これに引っかかる男性を探すのである。実際何人かに求婚やそれに近いことをされた。だがそれに待ったをかけたのは、義父母だった。

「後妻や愛人になるのだけはやめて！」

そう、結婚を申し込まれたが、それはほとんどいい年した五十代、六十代だろう男性の後妻か、もしくは「お金だけはいくらでもあげるから本妻じゃなくて愛人で」と言ってくる人間ばかり。

体がグラマラスなことの弊害(へいがい)がまさかこんなところで生じるとは思わなかった。

義父母は私を愛してくれている。そんな身売りするようなことを娘にさせるなら死ぬと言って泣いてくれた。

実際私だって結婚に夢はあった。なのですぐには後妻の話に飛びつかず、焦(あせ)らず相手を探していくということで家族の方針がまとまったのだ。

まとまったはいいが、それからあれよあれよという間に二年経(た)ち、私は結婚適齢期ギリギリの十九歳になってしまった。

そろそろまずい。没落する。

領地経営とは別に、借金返済のために始めた私の副収入で借金の利子分は払えていたから借金取りにはかなり待ってもらえたが、ついに、あと半年で払えなければ終わりだと言われた。

正直甘く考えていた。若いし、いい肉体を持っているので自惚れていた。きっとこの家を救ってくれる男性がいると。

しかし現実は厳しい。

借金持ちな時点でほぼまともな男性は寄ってこず、爵位目当てが来たかと思えば、男爵位という低い爵位では借金の額が割りに合わないと去っていった。ちなみに彼らの捨てゼリフは「伯爵位ぐらいなら考えてやったのに」である。

「くううう、あのときは王太子ゲットできたと思ったのにー！」

悔しさでベッドを何度も叩いてしまう。

まるでおとぎ話のように王太子殿下から夜会のパートナーに選ばれ、浮かれて参加したら、本命の婚約者とのイチャイチャの材料にされただけだった。

ひどい。やっとおっぱいばかり見ない誠実そうな男性でしかも王太子をゲットできたと思ったのに、ただの当て馬。ひどい。

「当て馬料請求しとけばよかったわ……」

言えば払ってくれたかもしれない。いや、今からでも遅くない。とにかくお金が欲しいので請求はしておこう。

「あ、あの、ブリアナ……？」

義母の戸惑った声に我に返る。そうだ、まだ扉の前に義父母がいた！

大好きな義父母に恥ずかしいところを見られてしまった戸惑いを隠すために、こほんとひとつ咳払(せきばら)いをする。

「えっと……夜会の招待状よ」

義母から招待状を手渡される。

「ありがとうお母様」

にこりと微笑むと、義父母は幾分ほっとした表情で居室から出ていった。

私はもらったばかりの招待状を確認する。そこには予想外の名前が書かれていた。

「ナディル・ドルマン……」

私を当て馬扱いした王太子殿下の本命であり、現在妻になった女の兄の名前である。

ナディル・ドルマン。

この名前はよく知っている。なぜなら私を嵌(は)めた張本人だからだ。

あの日――いつも通り、結婚相手を探していた私に、輝かしい笑顔で王太子殿下が近づいてきた。

そんな、嘘、本当に……？

と借金を背負ってからうっかり失くしてしまった乙女心を取り戻す程度に、私にとっては奇跡みたいなことだった。

ナディルと出会ったのもこのときである。王太子殿下の後ろに控えており、正直付き人かと思っていた。

王太子殿下は、数々の男性を見てきて肥えてしまったと思っていた私の目から見ても、美しかった。さすがは王太子殿下、オーラが違う。

その王太子殿下に、「今度パーティーに一緒に行ってくれるかな？」と言われたらそれはもう舞い上がる舞い上がる。

あきらめずにいたおかげで最高の玉の輿ゲットしたと大興奮して臨んだパーティー。

王太子殿下の婚約者だという女に挨拶して浸る優越感。

王太子殿下は私を選んだのだという自信。

断言できるが、あのときの私は人生で最高の幸せを感じていた。

まあ一瞬で潰えた幸せだったけれど。

「今日は、君の相手はできないんだ」

そう言った王太子殿下を見て、彼女は言った。

「それは、その方がお相手ということですか?」

その目は、何か望んでいるように潤んでいた。そのときは悲しみからだろうと思ったが、これがとんでもない間違いであったと知るのは後のことである。

王太子殿下は彼女から顔を背けた。

「すまない……」

「と、いうことは婚約は……」

「……そういうことだ」

王太子殿下と私を見て、婚約者の女はその瞬間、それはもう嬉しそうな顔をして飛び跳ねた。比喩(ひゆ)ではない。文字通り、両手を上げて、飛び跳ねたのである。

「やったわー!」

「は?」

さっきまでのお上品な雰囲気はどこに行ったのか、彼女は興奮したように、王太子殿下の後ろにいるナディルに声をかけた。

「兄様、聞きました? 聞きました? もちろんばっちりでしたよね!」

「ああ、聞いた」

「ああ、やったわやったわ!」

彼女は両手を胸の前で組み、天を仰いだ。まるで神に感謝を告げているようである。

彼女はそのまま興奮が冷めない様子で話しだした。

「苦節十年。七歳で次期国王の婚約者となってから来る日も来る日も勉強勉強勉強勉強勉強ダンスダンスダンスダンスダンス！　そしてなぜか頻繁に参加しなければいけないお茶会！何ひとつ！　楽しく！　ない！」

「レ、レティシア……？」

今まで静かに話していた王太子殿下の声音が変わった。それもそうだろう。彼女のあまりの変わり身の早さに私も引いている。

「やることなすことすべて否定される。うっかり声を出して笑えば、品が悪いと咎められるけれど、私がそれをしたことで誰かに迷惑かけるのか？　かけてないだろうが！ちょっと急いで小走りになっただけなのに、はしたないって、とりあえずケチつけたいだけだろうが！」

「レティ……？」

「なっちゃったものは仕方ないとあきらめていたけれど、もうしなくていいのね！　ああ最高。あなたのおかげだわ！　……なんだっけ、えーと、ブリ……ブリ……ブリっ子？」

「ブリアナよ！」

黙って聞いていたがさすがに訂正した。なに自然な流れで人に変な呼び名をつけているのだ！

ブリブリしてるのと本名から取っているようだけれど失礼極まりない。ブリブリしてるのは、王太子殿下と結婚できるように媚売ってたからであって、しなくていいなら私だってしない！

王太子殿下の婚約者の女、改めレティシアは、今さらながらしおらしい顔を作った。しかし作っているのがバレバレである。

「ごめんなさい。だってすごいブリブリしているから」

「馬鹿にしてるの!?」

「馬鹿にしてるけど感謝はしてるのよ！　ありがとう不良債権引き取ってくれて！」

「ふ……不良債権……」

王族に対するあまりの言い方に一瞬言葉を失くす。

「一日十時間城に缶詰めで勉強して、ダンスして、お茶会で貴族連中の嫌がらせに耐えるという苦行を代わりに行ってくれるなんて！　頑張ってね！　応援しているわ！」

「え……」

何それ聞いてないんだけど……。

思わず固まった私が目に入っているはずなのに、私など気にせず、レティシアはナディルに声をかけた。

「私を王子の婚約者に無理やりした兄様、残念でしたね！　王家とのつながりは違うところから手に入れてくださいね！」

「わかったよ」

「兄様、クラーク様にいい女性ができたら、私は自由だという約束、守ってくださいますね!?」

「わかったよ」

ナディルはあきらめた顔をした。

「ふふ、これで自由。私は今後、令嬢はやめるのよ！　田舎に行って魚釣って魚釣って木登りして、村の子供たちと戯れて、畑耕して、大口開けて笑って過ごすのよー！」

王太子殿下を私に押しつけるような発言をし、元気に会場をあとにする婚約者。急展開に私はその潔い去り際をただ呆然と見送ってしまったが、なんか思ったのと違うと感じ、王太子殿下から距離を取ろうとする。

が、すぐに捕まってしまった。

王太子殿下にではない。逃げた女の兄、ナディル・ドルマン次期公爵にだ。

「どこに行くんだ？　ブリアナ嬢？」

「いえ、今日は下がらせていただいたほうがいいかと思いまして」

ニコリと笑って言うも、内心冷や汗ダラダラだ。

「君はクラーク殿下のお相手じゃないか」

「将来をお約束した仲ではございません」

王太子殿下には、ただパーティーでの同伴をと誘われただけだ。嘘ではない。

面倒事の予感がしたので早く帰りたいのに、ナディルは私の両肩から手を離すどころかギリギリと力を込めてきた。絶対逃がさないという心意気を感じる。

「でも現に、クラーク殿下の婚約者は逃げてしまった。代わりが必要なのはわかるな？」

「いえ、わかりません」

「これだけの騒動を起こしてくれたんだ。お仕置きぐらい必要だよな？」

低い声で言われ、背筋に悪寒が走る。しかし、ここで負けてなるものかと踏ん張った。

「代わりではなく、本当の婚約者になれるのでしたら考えます」

私の厚顔無恥とも言える発言に、にやり、と笑みを浮かべられ、さらに背筋を冷や汗が流れた。

「いいだろう。お前が妃教育に耐えられたら考えてやろう。クラーク殿下、それでよろしいですよね？」

「ああ」

ナディルの提案を、予想外に王太子殿下があっさり承認してしまい、私は目を丸くしてしまう。

妃教育を受けるということは、私が王太子殿下の婚約者候補になるということだ。家柄や資質を考慮して慎重に選定する妃候補をそんな簡単に決めるなどありえない。しかも、ここにいる二人の独断で決定するだなんて。

王太子殿下が私を好いて、どうしてもというのならわかる。しかし、王太子殿下は私を見ずに、婚約者が去っていったほうをずっと見ている。どう考えてもどちらに情があるかは明らかだ。

私は肩を掴(つか)んで離さないナディルを見た。変わらず企(たくら)みを隠しもしない目で見られる。

嵌められた。

そう気づいてももう遅い。

ああ、どうして私ばかり損な役割になるの。

心の中で涙を流しながら、ナディルを睨(にら)みつけることしかできなかった。

速攻で音(ね)を上げた。

妃教育は厳しかった。とても。

ただでさえ、あまり淑女としての教養やマナーにうるさくない家で育った私だ。男爵家の跡取りとして必要最低限の教養しか身についていないので、王太子殿下の隣で保てるような品位はないし、教養もない。

得意なのは計算と商売取引、領地経営だ。身分の高い淑女はまずそんなことは教わらないし、高位貴族男性にはそんな知識は敬遠される。私が高位貴族に不人気な原因のひとつでもあるのだ。私が男爵家の跡取りとして経済、経営重視の教育を受けていることは隠していなかったので、割と知れ渡ってしまっている。

そんな私に、淑女教育がメインの妃教育は、まったくもって合わなかった。

必要最低限のマナーしか身につけていない私の挙措は、教師には目に余るものだったらしい。怒鳴られるし、罰せられるし、休憩時間もない。地獄だ。

そしてこの地獄の妃教育が実を結ばないものだと知っていることも私の絶望に追い打ちをかけた。

王太子殿下は私と結婚する気は一切ない。あの婚約者に逃げられた夜以降、私は王太子殿下に会ってすらいないのだ。どれだけこちらに興味がないか推し量れるというものだ。

「無理、死ぬ」

様子を見に来たナディルに言うと、彼は観察するような視線をよこした。

「ほう……頬が少し痩せこけたか？」

「ええ、減量に成功よ……」

もうこいつに敬語を使うだけの敬意を払う必要などないと思い口調を変えているが、気づいているだろうに、それには触れてこない。下級貴族の女に対等な口を利かれた経験などないだろうと思った結果の今できる精一杯の嫌がらせだったのに。

「でも胸は減らないんだな」

悔しさで歯をギリギリと噛み締める。そんな私を楽しそうに彼は見る。

「セクハラ！」

なんてことを言うのだこの男は！「とても均整の取れた体ですね」「抱きしめたらとても幸せでしょうね」など貴族特有の遠回しなセクハラはあったけれど、ここまで直接的に言ってきた人間は初めてだ！

体を守るように腕を回したが、それによって胸が強調されてしまった。自分の体が憎い！

意味がないと、腕を降ろして相手を睨みつけるも、楽しそうにされるだけだった。いい性格をしている。

「解放してやってもいいぞ」

唐突に言われた言葉が理解できず、小首を傾げる。かいほう……解放……この流れからして、解放っていうと……妃教育!?

「ほ、本当!?」

「ああ、本当だ。クラーク殿下が、レティシア以外とは子を為さないと宣言した」

王太子殿下がそう宣言されたということは、私のお役目はもう終わりということだ。

レティシアが逃げてから妃教育の準備がされるまで、拘束されること数日。そして実際今日から始まった妃教育。食事をろくにとる暇もなく、たった一日だというのに減った体重。でも減らない胸。

ああ、つらい日々もここで終わりなのだ……私はこれまでの努力が水の泡になることなど気にせず感謝した。実際妃教育を受けたのはたった一日だったけれど、実感した。王太子妃候補になって妃教育をこなすなど私には到底無理な話だったのだ。早めに終わってくれて本当によかった。

喜びに震えている私に、水を差す声が入った。

「ただし、条件がある」

「は？」

私は訝しげにナディルを見た。

「まずひとつ」

一本立てた指を見せつけるように、ナディルが私の顔の前に突き出した。

「お前が受けた妃教育がどんなものだったか、いろいろなところで触れ回れ」

「え？」

あの、きつかった妃教育がどんなものだったか触れ回る……？

意図が摑めず首を傾げる私に、ナディルは告げた。

「レティシアは本性がガサツな自分には王太子妃は向かないと思っている。だから、お前があっさり挫折した妃教育がどれほどきついものか、そしてそれを十年続けたレティシアがどんなに素晴らしいか、触れ回ってほしい」

なるほど、だからわざわざ私に妃教育を受けさせるという手間をかけたのだ。

本当に策士である。

レティシアがどう思うかわからないが、市井にまでその話が流れれば、レティシアをぜひ王太子妃に、という流れに周りがしていくだろう。

私、本当にいいように使われている……。

思わずため息が出るが、これを拒否できる立場ではない。仕方なく承諾する。

私の返事を聞いてナディルは満足そうにし、さらにもう一本指を立てた。

「ふたつ」

口の端を上げたナディルが、冷酷に告げる。

「俺の言う通りに動いてもらおうか」

言われた通りに、私は王太子殿下の婚約者に会いに行く。

「いいか、絶対捕獲するんだ」

「捕獲って野生動物じゃあるまいし」

「いや、野生に近い」

野生に近い公爵令嬢ってどういうことなの……。

「レティシアを王城に連れ戻すのが目的なのよね？」

「そうだ」

確認のために訊ねると、ナディルは頷いた。

「今ごろはクラーク殿下がレティシアと会って話をしているはずだ。そしてこれから俺が会いに行く。危機感を募らせたレティシアは絶対に逃げる。絶対だ」

「なんなの、その確信は……」

「素直についてこいと言って、ついてくる奴じゃない。ならわざと逃げるように仕向けて捕まえる」

実の妹に対する言葉とは思えない。

「あなたたち、本当に兄妹よね？　血つながってるわよね？」

「正真正銘、親を同じくする兄妹だ」

「妹の意思を尊重しようとかはないわけ？」

「貴族にとって政略結婚は当たり前だと思うが？」

残念ながら私は、その当たり前の感覚なしに育てられたから、わからないわ……。

私は義父母に感謝した。金のために子供を売る親じゃなくてよかった！　権力のために妹を売る兄もいなくてよかった！

「失礼なことを考えているだろう」

見透かされて冷や汗をかきながら、苦笑いした。

「とにかく、妹が逃げないように協力したらいいのね。わかったわかった」

「二回続けて言うな」

なんでこの年でこんな男にお母さんみたいな注意をされなければいけないのだろう。

イラっとする私の気持ちなど考慮しない男は、王都にある住居と比べると随分(ずいぶん)こぢんまりとした屋敷の扉を叩いた。すぐに侍女らしい女性が出てきて、中に入れられる。

「元気にしてるか？」

「兄様！　婚約継続してるって何!?」

　一応形式上の挨拶を述べてから王太子殿下の婚約者――レティシアと話をしようとした様子のナディルに構わず、レティシアは早々にナディルに詰め寄った。

　それもそうだろう。婚約破棄できたと喜んだのも束の間、すぐに王太子殿下が追ってきて、婚約破棄しないと宣言するなど想像していなかったのだろう。

「クラーク殿下が婚約破棄はしないそうだ」

「はあ!?　だってあのとき婚約は、なしって……」

　レティシアは焦ったようにナディルに迫った。

「よく思い出すんだレティシア。あのとき殿下は婚約破棄とははっきり言ったか？」

　レティシアはしばし固まって、みるみるうちに顔が青くなっていく。気づいたのだろう、肝心な言葉をはっきりとは言われていないことに。

　あのとき、殿下はレティシアの言葉に曖昧な表現でしか返していない。しかもあの会場にいたのは、ナディルがあらかじめ用意した人たちだけだ。

「婚約破棄とは言ってない……」

「そういうことだ」

「いやどういうこと!?」

「殿下は婚約破棄する気は始めからなかったってことだよ」

「はぁー!?」

わけがわからないと混乱した彼女を少し哀れに思う。彼女が勘違いするように仕向けたのはこの兄であるし、あの状況ではレティシアでなくても誰でも勘違いすると思う。

でも私からしたら誰かに愛されているだけで羨（うらや）ましいからやっぱり同情はやめておこう。羨ましい！

「や、ヤキモチを焼いてほしかったらしい」

「嫉妬（しっと）してほしいと」

「いやヤキモチの意味がわからないわけじゃないから」

レティシアは、クラーク殿下の意図がわからないらしい。

「殿下はお前を好いてるらしい」

「さっきそんなこと言ってた……」

「お前がまったく自分のことを見ないからと試したそうだ」

「試されてもまったくあの人のこと見なかったけど」

クラーク殿下もここまで相手にされていないと哀れである。

「そうみたいだな。でも初めてしっかり顔を見てもらったと嬉しそうにしていたぞ」

さっき、この屋敷に寄る前に会話したクラーク殿下は、あのパーティーのときとは比べ物にならないほど上機嫌だった。

「ん？　なんで今さっきあったことを兄様が知ってるの？」

「クラーク殿下をここに連れてきたのは俺だからだな」

「はー!?」

予想外だったのだろう。レティシアが大きな声を上げた。

そうなのである。裏切り者は身内である。彼女はこれを教訓にして、警戒心を持つようにしてほしい。

ナディルは驚いているレティシアに構わず続けた。

「知ってもらうきっかけは作れたから、好かれるのは結婚してからでいいんだと。ただささっとうちの領地のひとつに引っ込んでしまう行動力に危機感を持ったようで、今準備をしてる」

「なんの準備？」

「結婚式」

「いやあああああ！」

顔を青くしながらナディルと会話をする彼女は、結婚式の準備をしていると言われ、耐えきれないというように悲鳴を上げた。その後も青くなりながらなんとかならないかと兄に縋っている。

ところで、私ずっとここにいるんだけど、ご存知？

「ちょっと……私のこと無視するのいい加減やめなさいよ……」

いつまでも続きそうな兄妹ゲンカを止めるように低い声を出すと、今気づいたとばかりにレティシアは目を見開いた。

「ああ、忘れていた。レティシアに会いたいというから連れてきたんだった」

「普通忘れる!?」

飄々(ひょうひょう)と言う男に噛みつくように言うが、堪(こた)えた様子はない。

「ブリ……ブリ……ブリっ子さん!」

「ブリアナよ!」

名前を思い出そうとしたけれどあきらめたのか、先日つけられたあだ名で呼ばれ、訂正する。ブリっ子って、どんなセンスしてたらそんな失礼なあだ名、人につけられるのよ!

レティシアは不思議そうに首を傾げた。

「ブリっ子さん。今日はブリブリ成分ないの?」

「ブリアナよ!」

「ブリっ子やめたの?」

「もうやめたわよ!」

前会ったときと雰囲気が違う私に違和感があるのだろう。なぜなのか、目で理由を訊ねてくる彼女に答えてあげた。

「王子のほうから近寄ってきたからいけるのかなと思ったら王子はあんたにべた惚れじゃない。私ただの当て馬よ。ふざけんじゃないわよ!」

私は拳を握りしめた。

「しかも、騒動を起こしたお仕置きってことでなぜか私が妃教育受けてるんだけど！　意味わからないし本当にきついし何あれ！　あくびとかうっかり出たら怒られるって何⁉　あくびぐらい人間するだろうが！」

「するわよね」

「あんたならわかってくれると思ってた！」

うんうん頷く彼女の手を握る。そうよね、あんたあれから逃げようとしたのだもの、気持ちわかってくれるわよね！

ここしばらく罵倒ばかりされていたので、ただ同意されただけなのに、心に沁みた。罠に嵌めてくれた張本人のナディルは同情してくれないし。

「あんたすごいわ。あれに十年耐えたの？　私無理。一日でギブアップ」

「あきらめずもうひと頑張り！」

「無理！」

「頑張れば王太子妃になれるかも！」

「絶対なれないから！　だって王子があんた以外と結婚するなら絶対子供作らないって宣言しちゃってるもの」

レティシアもなんとか逃げたいのだろう。必死に言い募ってくるが、私の言葉を聞いて固まった。

「殿下はお前以外と結婚する気はないらしい。あきらめるんだな」

「いやあああああ！」

実の妹に残酷な現実を叩きつけるナディルはとても楽しそうだった。

仲は良くなさそうだが、さすが実の兄。妹の行動をよく読めている。

ナディルの言った通り、逃げようとしたレティシアは、二階の窓から飛び降りた。すごい。普通二階からなんて怖くて飛ばない。

見事な着地に惚れ惚れするが、さすがに衝撃が来たのだろう。足を押さえて少し呻いていたが、すぐに回復して落ちたカバンを拾い、駆けだそうとした。

「いや逃がさないわよ」

走ろうとする彼女の服の裾を踏んづけると、レティシアはよろけて顔面から地面に衝突した。痛そうだが足を引くわけにはいかない。

「あんたが逃げたら私が妃教育から逃げられないじゃない」

私を認識したレティシアは、逃げるために必死に裾を抜こうと頑張っている。

「昼間は大変だねって共感してくれてたじゃない！」

「共感はするけど逃がしてあげることはできないの」

「ひどい！　ほんの少しだけ仲良くできるかと思ったり思わなかったりしたのに！」

「それ思ってないってことじゃないの！」

なんとか逃げようともがいているが、裾は抜けない。元庶民の脚力舐めないでもらいたいわ！

「あんたが戻ったら妃教育はなしにしてくれるって話なのよ。絶対逃がさないわよ」

本当はちょっと違うけれど、実際逃がしたらこいつの兄が何を言いだすかわかったもんじゃない。

「まあまあ見逃して」

「それで誰が見逃すか！」

「私の身代わりになれば晴れて国母！　やったね！」

「もうそれはあきらめたって言ってんでしょ！」

おだてて逃げる戦法に変えたようだが、そんなのに引っかかるわけがない。肝心の王子はあんた以外興味ないって言ってるんだから今言ってる内容まったく意味ないから。

「レティシア、夜中にうるさい」

ようやく出てきたナディルはイラっとした様子を隠していない。もしかしてこいつ私一人に押しつけて自分は熟睡しようとしていたのか？　今まで寝てましたって顔してるんじゃないわよ！

「兄様、このブリっ子どうにかして！」

「ブリアナだってば！」

　兄に呼びかけるも、無視されたレティシアは、追い詰められたかのように私を見て口走った。

「私を逃がしてくれたら兄様と結婚させてあげる！」

　その言葉に私は固まった。

「なんですって？」

　私はレティシアの顔をしっかりと見つめた。

「公爵家嫡男、二十二歳、頭脳優秀、運動神経ばっちり、高身長でなかなかの美丈夫。将来は約束されていると言っても過言ではない！　多少性格には難ありだけれども、それにさえ目を瞑れば好物件間違いなし！　どう!?」

「乗った！」

　私は踏んでいた足を離した。レティシアはすぐさま立ち上がり、攻防で出た額の汗を拭った。

「ありがとう、あなたたちのことは忘れない。兄様、ラブラブで過ごすのですよ」

「お、おい、レティシア」

「自由よー！」

　レティシアは大声で叫びながら軽快な走りで去っていった。私はそれを見送り、ナディルに視線を向けると、彼はびくりと肩を震わせた。ナディルにとってこの展開は予想外だったらしく、にじり寄る私に恐怖の表情を浮かべている。

「おい、落ち着け！」

「落ち着いているわよ！　もう、婚約者がいないなら早く言ってよ！　あなた、年齢も私に釣り合うし、見てくれだけはいいし、公爵家の跡取りだし、性格だけは悪いけどそれは我慢するとして、条件だけで見たらすごくいいじゃないの！」

これなら義父母も納得してくれるだろう。金持ち肥満中年の後妻より何倍もマシである。

「上流貴族は婚約者がいるものと考えていたし、性格の悪さから除外していたけど、いないなら話は別よね！」

「さりげなさを装ってコケにするな！」

ちっ、性格悪いと二回も言ったのバレたか。

でも性格悪いのは事実だから訂正しない。私はじりじりとナディルに寄っていき抱きつき押し倒した。

「おい、冗談じゃすまないぞ！」

「冗談なわけないでしょう？　責任取ってもらうならこれしか手はない！」

「お前まさか……」

さわさわと胸元を撫で回す私に、ナディルが青ざめるが、気にしてなどいられない。気にしたら負けだ。

「既成事実を作るのみ！」

「よせよせよせ！」

いざ！　とズボンを脱がそうとするが、相手も当然抵抗する。ぐいぐいお互い引っ張るせいで、ズボンを押さえているベルトが嫌な音を立てる。ベルトが壊れたらこちらのものだとばかりに引っ張るも、向こうもあきらめはしない。

はあはあとお互いの荒い息だけが響く中、のしかかっている私を、ナディルが足で退けようと動いた。ズボンに意識を集中させていた私はあっけなく足で払われ、後ろに転がった。

「痛ぁーい！　女投げ飛ばすなんてなんて奴なの！」

「うるさい！　男を襲うなんてなんてや……っ……？」

怒る私に対してナディルも怒鳴ろうとしたようだが、言葉尻がすぼむ。怪訝に思った私は彼に目を向けた。

じっとこちらを見ている。具体的にどこをかと言うと、私のドレスの裾の大きく捲れた部分を。

「きゃー！」

ここまでしておいて今さらだと思われるだろうが、私にだって恥じらいはある。私が言っていた既成事実も、実際に為すのではなく、多少服を乱れさせて、おそらく追従してきているだろうナディルの部下なり、王子の部下なりに目撃させ、言い逃れができないようにしようとしただけである。

なので、実際そういうことになると、大変困る。

「ちょっと、見ないでよ！」

慌てて裾を直した私の手をナディルが握る。背筋が冷えた。

「ちょっ、ちょっと……冗談よね……？」

引きつる笑みで言うも、ナディルの手は私のドレスにかかる。

「きゃー！　いやー！　そういうのは結婚するまでだめー！」

「くっ、大人しくしろ！」

貞操の危機と思い、全力で暴れて叫ぶ私をナディルは事もなく押さえ込む。男と女の力の差を痛感させられた。

「ま、待って……本当に……」

これはもうだめかも……。

涙目で少しあきらめたとき、ナディルが少しずつ裾を捲る。終わった……と脱力するも、ナディルはそれ以上手を動かさない。つまり肝心な部分を捲らない。

あれ？　様子がおかしい……？

おそるおそる彼を見ると、私の足を見て、何か思案している。かろうじて下着は見えていない。何？　足フェチ？　足フェチなの？

「あのぉ……」

私が声をかけると、はっとしたように仰け反った。私はその隙に裾を直す。

「あの……」

「そんな貧相な体で食指が動くと思うな！」

ナディルはこちらを見ないでそう言うと、足早に私を置いて立ち去った。

「は、はあ⁉」

一人取り残された私は疑問の声を上げる他なかった。

「なんなのよあいつ！」

ドレスを脱ぎ捨て、ベッドに飛び込む。

レティシアは無事王子が捕獲したらしい。今は王城にいる。

しかしながら、今私の頭を占めるのは、あのお転婆娘ではなく、その兄だ。

「人の足を舐めるように見ておいてあの言い草……！」

普段人に胸ばかり見られている私だが、実は隠れ自慢は足である。深窓のご令嬢のような、ほっそり折れそうな足ではないが、労働でほどよくついた筋肉のおかげで、引きしまったなかなかの脚線美なのだ。

「しかも貧相な体って！」

むしろ豊満すぎて自分でも持て余しているというのに！

「許すまじ……」

恨み言を呟きながら枕に顔を押し当てる。

だがしかし、最後の言い草はあれだが、あのときのあの行動。

「あれは脈ありなのでは……？」

少なくとも気に入っていない女のドレスを捲らないだろう。

「よぉし！　玉の輿よー！」

「ブリアナ、お風呂入る？」

「入ります！」

部屋で一人燃えている娘を気にせず、おっとりと訊ねてきた義母に答える。

お風呂入って自分をピカピカに磨いて、押して押して押しまくってやる！

幸い、王太子殿下たってのお願いで、レティシアの話相手をすることになった。王城に閉じ込めていると気分が滅入るだろうからという計らいだ。レティシアへのその優しさを私にも分けてほしかった。

「為せば成る！　突き進むのみ！」

「ブリアナお風呂……」

決意を新たにしている私に、義母は困り顔で立ち尽くすのだった。

ありがたいことにチャンスはすぐに訪れた。

「ナディル様ぁ！」

王城を訪れたところに、たまたま現れたナディルを見つけ、猫撫で声を出しながら近寄っていくと、あからさまに嫌な顔をされた。

なぜ私が王城にいるかというと、例のレティシアの話相手として呼ばれたのである。相手をするたびにお小遣いをもらえるので嬉しい。

ちなみにお小遣いは本当にちょっとだったが、たぶん王太子殿下が個人的に出しているものだと思うので、文句はない。別にレティシアと話をするのも嫌いではないし、最近はだいぶ心を開いてもらえたと思う。

「奇遇(きぐう)ですねぇ」

「レティシアに会うんだろう？　さっさと行け」

「いやんツレないところも素敵ぃー！」

「…………」

化け物を見るような目をされた。おいこら失礼だろうが。

だがそんなことでへこたれる私ではない。こっちは精神面の強さだけは誰にも負けない自信があるんだ。精神頑丈じゃないと、義父がとんでもない額の借金した時点でショック死している。

「ナディル様は王太子殿下に会いに来たんですかぁ？」

「ちっ」

要件を訊いただけで舌打ちされた。

そのまま何も答えずスタスタ歩きだすので慌てて追いかける。

「ナ、ナディル様ぁー！　待ってくださいよぅ！」

背に向かって声をかけると足が止まった。

「お前……その話し方やめろ」

「あ、すみません」

大真面目なトーンで言われて背筋を伸ばす。間延びした声も思わず引っ込んだ。どうやら私の話し方はお気に召さなかった様子だ。

「お前はそんな話し方をしなかったはずだ」

まあこれ媚び用に作ってるキャラだからね。意識しなかったらしないよねこんな話し方。

「いいか？」

ずいっ、とナディルが私に近寄って肩を掴んで私の顔を覗き込んだ。こいつ私のことすぐ掴みすぎじゃない？

「昔のお前は、そんな話し方をしなかった。わかったな？」

「は、はい……」

昔って、そんな表現使うほど私とあなた旧知の仲じゃないんだけど。

疑問が浮かびながらも頷いた私に満足したようで、ナディルは去っていった。

アプローチ、大失敗。

一度や二度の失敗でへこたれたら負けよね！

「というわけで今日も今日とて会いに来たわよ！」

「帰れ」

即帰宅を命令された。

あの話し方は気に入らないようなので、元々の話し方に戻した。

猫被ってないときの私も知っているのだから、そりゃ気に入らないわよね！

「何がいや？　可能な限り直すから言ってよ」

「帰れ」

返される言葉は変わらない。

しかし、いきなり突撃した割に家に入れてくれたのだから頑張ればなんとかなるんじゃないだろうか。ポジティブでないとやっていけない。

「ほら、私と結婚したら、好きなだけ胸揉めるわよ」

「お前自分で言っていて悲しくないか？」

悲しいに決まっているでしょうが！

可能ならこんなはしたない言動したくないわよ！　私の武器はこの肉体しかないんだから！」

「かわいそうな奴だな……」

同情された。

やめて、そういうのが一番心にくるから。いっそ「このアバズレ！」って怒鳴られたほうがマシだからやめて。

「じゃあ足？　好きなだけ足触りなさいよ！」

「おい、痴女がいるぞ！　摘み出せ！」

「あ、待ってごめんなさい、執事に追い出させないで待って待って！」

呼ばれて出てきた執事に対して、私害ないですよとアピールするために両手を上げる。

執事は私とナディルの顔を交互に見ながら思案している。自分なりの答えが出たのか、ポン、と手を打った。

「あ、わかりました！　ナディル坊ちゃんのコレですね？」

「お前クビな」

「殺生な！」

コレと言って小指を立てた、私とそう年齢が変わらないように見える執事は、悲痛な声を出しながら主に謝っている。

「追い出されたら生きていけませんよー！　坊ちゃんー！　ねー！」

「うるさい、坊ちゃん言うな」

「だって言い慣れているんですもん。あ、この人追い出せばいいんですね！」

そうすればお咎めなしと思ったのか、執事は急にこちらに向き直った。

執事が主にそんな馴れ馴れしい態度でいいのか、とか、ナディルがそれを許しているなんて、だとかを気にしていたら、動きが遅れた。

ひょい、と執事に担がれ、屋敷の扉の前に打ち捨てられた。

「ちょっと！　ポイポイ人を放らないでよ！」

抗議するも、扉の前の定位置に戻った執事はぴゅーぴゅー口笛吹いて素知らぬ顔だ。

ナディルもなかなかな性格してるけど、この執事もいい性格してる……！

ナディルは律義にも追い出した私の前に立つと、心底馬鹿にした表情で言った。

「おい、無駄なことするな。今度来たらお前の親に言うからな」

「あ、親はやめてください、お願いします」

額を地面につけて心の底から懇願した。

親だけはやめて。叱るとかじゃなくて私に苦労をかけていると思って泣いちゃうから義父母。

「ふん、じゃあしばらく大人しくするんだな」

義父母を出されては引き下がるしかない。

しぶしぶ帰り道を歩きながら、思ったより打ちのめされている自分に気づいた。

意外とメンタル弱かったのかも。ちょっとくじけそう。

でもまだあきらめるわけにはいかない！

「お父様お母様、ブリアナはやります！」

闘志をメラメラ燃やす私を、道行く人が不審に思っていることなど気づく由もなかった。

「久しぶりー、ブリっ子！」

ナディルにかまけて少しだけ期間が空いてしまった。王城にいるレティシアのもとを訪ねると、彼女はすぐさま侍女のマリアに指示を出して大量のお菓子を持ってこさせた。

……この間太ったって言っていなかったかしら。

そう思うも口には出さず、お菓子を摘む。さすが王族御贔屓の高級洋菓子店のクッキー。サクサクした歯ごたえながら、しっとりしたバターの風味がたまらない。ひとつふたつ、と口に運ぶ私を、レティシアは恨みがましい目で見てくる。

「太ったと思い悩む私の前でそんなにクッキーを頬張るなんて……嫌味？」

「あんたが用意させたんでしょう⁉」

目の前にクッキーを山盛りにしたのはレティシアなのに、理不尽である。

「そうだけどぉ……」

私が口にしているクッキーの山に目を向けながら、レティシアが歯切れ悪く言う。

……太ったことはやはり気にしているらしい。レティシアはクッキーに手をつけたそうにソワソワしながらも、我慢していた。

「大体、ここのお菓子がおいしいのがいけないのよ。そう思わない？」

「いや、私は太らないから」

「いいわよね！　胸につくタイプは！　腹に付くタイプの私と違って！」

何か逆鱗に触れてしまったらしい。レティシアは自棄になったのか、クッキーを一枚口にした。途端、怒って上がっていた眉尻がほわりと下がる。なんてわかりやすいのだろう。

こういうところを王太子殿下は気に入ったのだろうなあ、と思いながら、マリアが淹れてくれたお茶を口に含んだ。ああ、高級茶おいしい……。

「で、どうして最近来てくれなかったのよ」

クッキーを食べて少し落ち着いたらしいレティシアが聞いてきた。

「いやあ、借金返済とかあれやこれやとか、あとはナディルになんとか結婚してもらえないかなあと思ってアプローチに忙しかったというか」

「え!?　兄様のことあきらめてなかったの!?」

レティシアが驚愕の声を上げた。

「いや、あんた……一回目の脱走のとき、ナディルと結婚させてくれるって言ったじゃない！　全然できないんだけど！」

「いやあ、私にそんな権限あるわけないでしょ？　ほら、あれよ、口から出まかせってやつよ！」

胸を張って言われると腹立たしさ倍増である。

少し機嫌を損ねたのがわかったのだろう。レティシアがクッキーを追加した。うん、まあクッキー貢いでくれるなら許そう。

私がまたひとつ口に含んで、落ち着いたのを見計らって、レティシアが口を開いた。

「でも本当に兄様でいいわけ？　妹の立場から言わせてもらうけれど、おすすめしないわよ？　性格悪いわよ？」

実の妹に性格悪いと言われるナディル。

確かに性格はよさそうではない。でも私にとってそれは二の次なのである。

「裕福に育ったレティシアにはわからないでしょうけれど、世の中ね、何よりお金なのよ」

「いやだわ、マリア、耳塞いでなさい。病んだ女がいけないこと口にしてるから」

病んだとは失礼である。少し疲れているだけだ。

「あんたこそ、いい加減あきらめて結婚したら？」

「やだ。まだ逃げる」

レティシアは私たちが捕獲作戦を決行した際、無事に王太子殿下に捕まった。その後、王城でこうして一室を与えられ、結婚まで外に出られないようにされているが、たびたび

脱走し、王城をにぎわせている。

あきらめ悪く、まだ逃げる気満々のレティシアに、もうあとたった数日で結婚式だとは言わないことにした。

そうして迎えたレティシアの結婚式。

レティシアはなんだかんだとまだ逃げようとしていたが、最終的に王子を抱きしめ返しているのだから、幸せな結婚なのだろう。

——いいなあ、愛されるって。

ちゃっかり結婚式でナディルの隣を確保したけれど、もちろんそれは本人からそうしてくれとお願いされたわけではない。図々しく私が隣に陣取っただけだ。

「いい結婚式ですね」

歓声がやまない中、ナディルに声をかける。

「そうだな」

そう言いながら、ナディルは穏やかな顔をしている。

——どうでもよさそうにしながらも、妹の幸せが嬉しいのだろう。兄妹そろって素直でない。

「ナディル様」

「様づけで呼ぶなと散々言っている」

「あ、すみません」

ナディルはどうも、私に敬語と敬称をつけられるのが嫌らしい。そうしないように散々言いつけられている。

公の場だから一応様付けしたのだけれど、気に入らなかったらしい。

「なんだ」

「自分も結婚したいなあとか思ったりしない？」

「ない」

一蹴された。

空気に流されるとかこの男にはないのだろうか。

「でもほら、幸せそうでいいなあと思わない？」

「今は必要ない」

とりつく島もない。そりゃ、地位のある男は焦ることないでしょうけれど、女の適齢期は短いのだ。

というわけで私は今非常に焦っている。とても焦っている。借金の返済も迫っている。

「えっと、じゃあ……」

少し言いづらいながらも、図々しくなければ生きていけない、と思い、意を決して口を開いた。

「なんかこう、ポーンと大金払えるような若い金持ちとか紹介してもらえ――」

「あ?」

「あ、すみませんごめんなさい」

ドスの利いた声で返され、反射的に謝罪する。ナディルは前を向いたままだ。

厚かましすぎたか……。

自分が纏わりつかれるよりはいいかと思って、その広い顔で誰か紹介してくれないかと提案したのだが、だめだったらしい。

となると、やはり今一番可能性のあるナディルに賭けるしかない。

幸い、ナディルの妹のレティシアの友達という立場がある。会う機会はある。

――借金問題も解決して、花嫁姿も見せて、親孝行してみせますからね、お父様、お母様!

私はウェディングドレスを着たレティシアを見ながら握りこぶしを作った。

――なーんて思っていた時期もありました。

私はその後もあきらめずにナディルに迫ったが、何度か家に行くも会えずに追い返される日々が続いた。避けられていたのだろう、王城でも会えず、収穫は一切なかった。

しかし、借金の返済期限もある。いつまでもナディルだけに構っていられない。

私はナディル一本に賭けるのをあきらめ、夜会への参加に精を出すことにした。

しかし結局、手ごろな相手は見つからず、現在に至る。

あれからレティシアとはそれなりに仲良くしているが、ナディル本人とはまったく何もなかった。


だからなぜ呼ばれた？と疑問に思うも、夜会は貴重な出会いの場。

参加の返事を出し、今日はドルマン公爵家主催の夜会当日である。

「ブリアナ様ですね。どうぞこちらへ」

受付でそう言われ、他の参加者とは別のところに行くと伝えられて案内係をつけられる。

あれ？　いつもの夜会ではそのまま会場へ連れていかれるだけなのに。

不思議に思いながらも、騒いで目立つのも嫌なので、そのままついていく。夜会会場から少し離れた一室の前に着くと、「こちらです」とだけ言って案内してくれた人は去っていった。

自分で勝手に入れってことか？　なぜ開けてくれない……。

不満に思いながら、おそるおそる扉を開けると、中には一人の男性が立っていた。

今回の夜会主催者の息子、ドルマン公爵嫡男、ナディル・ドルマンである。

こちらを見た彼は、一瞬でその表情を不機嫌なものに変えた。

「扉はノックをしろ」

もっともであるが、勝手にここまで呼んでおいてその言い草。

むっとして口をつぐんだ私に構わず、さらに言い放つ。

「乳がでかすぎる」

これにはさすがの私も驚きの声を上げた。

「は、はあ⁉」

「でかい乳をそんなに見えるようにするのは下品だ。おい」

ナディルが声をかけると、すっ、と使用人がショールを差し出した。

「これを肩からかけろ。まったく、はしたない女だ」

「は、はしたなくないわよ！」

抗議しながらも、やや肌寒かったので素直にショールを羽織る。上質な生地で、今後このような布を触る機会はないだろうと思い、何度か撫で摩(さす)った。

「よし、行くぞ」

「え、どこによ」

私が羽織るのを満足げに見ていた男が、勝手に歩きだしたため、慌ててそれについていく。

「どこって……今日は夜会だろう」

「それは知ってるわよ！」

「夜会会場に行く」

「え？」

夜会会場にこのまま行く？

待って待ってそれって。

「夜会のパートナーってこと？」

「そうだ」

そうだって！　そうだじゃないでしょう！

「困る！　私結婚相手探さなきゃいけないの！」

「勝手に探せばいい」

「パートナーとしてあなたが隣にいるのに？　無理だわ！」

「じゃあああきらめるんだな」

さらりと彼は言う。こちらは毎回の夜会に文字通り決死の思いで挑んでいるというのに！

拒否の意を伝えるために立ち止まるが、右手を摑まれてずるずる引きずられていく。

「周りが身を固めろとうるさくなってきた。報酬はやるから大人しくしていろ」

「無理！　無理！　代役だとしても身分が低すぎて釣り合い取れないからやめたほうがいいわよ！」

「残念ながら俺の親は身分を気にしない恋愛至上主義者だから、十分誤魔化せる」

「嘘だー！」

拒否を続けるも、あっけなく会場前に着いてしまった。

「前に俺を襲ってきた女とは思えないな」

「だってあのときは既成事実作ればなんとかなるかと思ったの！」

もちろん今はそんなことは思っていない。面倒事からは距離を置きたいと思っている。

私の気持ちを知っているはずなのに、ナディルは口の端を上げた。

「よかったな、これで俺の相手だと思われるぞ」

「いやー！」

叫んで拒否しても、所詮男と女。勝負はあっけなくついた。

徐々に開いていく夜会会場の扉と、人々の熱気に反比例して、私の血の気は引いた。

隣で美丈夫といえる男がにやりと笑った。

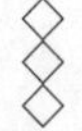

絶対に、絶対に、二度と男に迫って尻尾を摑まれることはしない。

そう決意しながらナディルと共に扉をくぐる。

扉の先は、今まで参加してきた夜会が子供の遊びに思えるほど優雅な世界だった。

借金男爵の娘が参加できる夜会などたかが知れていたってことだ。

少し自嘲したくなったけれど、さりげなくナディルに足を踏まれて気がそれた。という

か、仮にも令嬢の足をわざと踏むってどういうこと⁉

思わずエスコートしている男の顔を確認すると、さっき私を無理やりパートナーにした腹黒男とは思えない穏やかな微笑みを浮かべていた。

そうだった。こいつ、仕事ができる男だった！

悔しい気持ちになっていると、腰に回されている手で脇腹をつねられた。しっかりやれってことか⁉　しっかりやれってことだな！

強張りそうな顔をなんとか緩め、精一杯の笑みを浮かべる。

どうやら及第点だったらしい。つねる指が緩められた。

ゆっくり進むと人々が寄ってきた。なんといっても今日の主催者の息子だ。挨拶をする必要がある。

「ご招待ありがとうございます、ナディル様」

「今日も見目麗しいお姿ですこと……」

「私のことを覚えていらして？」

次々来る招待客を、ナディルは慣れた様子であしらう。さすが大貴族様。そろそろ頬がぴくぴくしそうな私とは大違いだ。

独身の貴族たちも続々挨拶に寄ってくる。ああ、なんともったいないこと。私一人のときはこんなに来ないのに！

いい夜会に集まる、有望そうな独身の貴族たち。それに声をかけることもできないなんてなんたること。私は微笑みながら、心で涙を流した。

「ところで、そちらの方は？」

きた！

私はピクリと肩を震わせる。ナディルが目で自己紹介しろと促してきた。

「お初にお目にかかります。ラリクエル男爵が娘、ブリアナと申します」

今回は身分差にこだわらない夜会と聞いていたため、軽い礼を取って挨拶した。この豪華さで軽いパーティーだと言い張るのだからすごい。高位貴族にとってはきっとこれでは物足りないのだろう。

すぐ目の前にいた伯爵と名乗った男性が、ナディルに話しかけた。

「これはこれは。こんな綺麗な女性をどこで見つけたのですか？」

「妹の紹介ですよ」

「ほう！　あの王太子妃殿下の！」

伯爵は感嘆の声を上げた。その声で、彼の王太子妃像と私の知っている王太子妃とは大きな乖離があることがよくわかった。あなたが尊敬しているだろう王太子妃殿下は、昨日元気に木登りしていましたよ。

「では、父に挨拶に行きますので」

ナディルはそつのない仕草で私をエスコートしながら輪の中から抜けた。

「……父？」

引っかかった単語を私は繰り返した。ナディルは先ほどまで見せなかった嫌味な笑みを浮かべる。

「今日は父と母が主催だ。挨拶をするのは道理だろう」

確かにこの場にいるらしい父母をわざわざ無視する必要はないが、嫌な予感がした私は、ナディルから距離を取れないかと身をよじるも、逞しい腕に捕えられ、それもできない。

ぐいぐいとナディルの父と母がいるであろう場所に引っ立てられ恐怖を感じる。会いたくない。

しかしそんな願いはもちろん叶わず、ナディルの親とは思えない人のよさそうなご夫妻の前に行き着いた。

あまりに似ていない雰囲気に、不義の子なのかとナディルを見れば、顔に出ていたようで静かに睨まれた。

「ナディル、久しぶりですね」

母親らしい人物が穏やかな口調でナディルに話しかける。

「母上、お変わりないようで何よりです」

にこりと爽やかに笑うナディル。親の前でも猫被ってるの？　いい子ちゃんしてるの？　思っていることが伝わってしまったようで足を踏まれた。レディの足を踏むな！

「お前に追い出されてからなかなか会えなかったが……うぅ……レティ……」

父親は泣いた。どうやら親に猫被ってる説は違ったらしい。他人が周りにいるから体面を繕っているだけのようだ。

「レティシアは結婚して幸せにしていますよ」

「うぅ……私はもっと手元に置いて可愛がる予定だったんだぁ……」

さめざめと泣く父親とナディルは、纏う雰囲気が違いすぎて全然親子に見えない。

父親のセリフから考えるに、妹を王族と結婚させるために、親まで排除していたようだ。

本当に性格悪い。

泣く父親とナディルを見ながら、父親に同情していると、こちらに気づいた母親が首を傾げた。

「こちらの綺麗なお嬢様は？」

お世辞であっても綺麗と言われて悪い気はしない。私はにこりと笑い、礼をする。

「ラリクエル男爵が娘、ブリアナと申します。本日はご子息のパートナーとして参りました。よろしくお願いいたします」

今日の夜会のパートナーなだけで、それ以外のなんでもないですよ、という意味を込めて言うと、言葉を汲み取ってくれた様子のナディルの母は、ニコリと笑った。

「私はナディルの母、シェリーです。ほら、あなた、夜会で泣くなんて恥ずかしいことしないで」

「うぅぅ……カーティスです……よろしく……」

シェリーさんに促され、泣きながらカーティスさんも挨拶をしてくれた。

これでひと仕事終えたとほっと息をつくと、ナディルがとてもいい笑顔で爆弾を落としてくれた。

「俺の婚約者です」

ぽかんと間抜(まぬ)けに口を開ける私。あら、と困ったように微笑むシェリーさん。なぜかさらに泣くカーティスさん。

シンと静まり返ったその場に次の瞬間響いたのは、こちらの動向を窺っていたご令嬢方の悲鳴だった。

ただの夜会のパートナーのはずだったのに、一夜にして私はナディル・ドルマン次期公爵の婚約者として知れ渡ってしまった。

「どういうことよ！」

バンッとテーブルを強く叩くも、ナディルは動じない。

ここは夜会後に連れてこられた公爵邸のナディルの部屋だ。私の住んでいる男爵家の家敷より何倍も大きな敷地と豪華さを誇るそこで、私とナディルは対峙(たいじ)していた。

「どういうことと言われても、初めに言っただろう。身を固めろと周りがうるさいと」

「でもただの代役だって……！」

「そんなことはひと言も言っていないが？」

確かにはっきりそう言われてはいないので、言葉に詰まった。なるほど、つまり私は騙されたわけだ。

一度ならず二度までも騙されるとは、自分が情けない。

「卑怯者……」

「なんとでも言えばいい」

涼しい顔をしている男の顔を殴りたい。でもそれをなんとか堪えた。

「あくまでフリだ。かりそめの婚約者として大事にしてやる」

人の悪い笑みで言われても、まったく納得できない。

「だから、私はそんな茶番に付き合っている暇はないの！」

文字通りの独身貴族の遊びに付き合っていたらこちらが婚期を逃す。そして家は没落する。

「お前にとっても悪い話じゃないぞ」

ナディルはこちらの考えなどお見通しだというように、鼻で笑った。

「報酬はやると言っただろう」

確かに夜会に参加する前に付き合えば報酬をくれると約束した。

「お前の実家の借金、全額返済してやる」

私は驚きに目を見開いた。

借金のことは知られているだろうと思ったが、それを全額返済？

私はあまりの提案に、震える声で言った。

「あ、あんた……うちの借金いくらあるかわかってるの……？」

「六千万リールだろ？　安くはないが、まあどうにかできない額ではない」

ナディルは肩を竦めた。

「というか、どうやったらこんなに借金こさえられるんだ？」

「お、お父様は人がいいのよ！」

人が好すぎてあっさり騙されてしまう人だ。でも大好きな父だ。馬鹿にしないでほしい。

それにしても、どうにかできない額ではないと言うが、平民が一生働いても十分の一も返せない金額だ。そんな大金をあっさり返済してくれると言う。

「そんな……割に合わないでしょう？」

「それは俺が決めることだ」

はっきり言い切られる。

「俺は金を出す代わりに、お前を婚約者にする。お前は没落しかけている実家を守れる。みんな利害が一致している。文句あるか？」

ない。まったくない。こちらとしてはありがたすぎるぐらいだ。ただ、ナディルがそこまでする必要があるようにも思えない。

じっと見つめるも、これは彼にとって決定事項らしい。そこから無視を決め込まれた。

どことなく納得はできないながらも、こちらとしてはありがたい。

「ありがとう……」

礼を述べるとナディルは満足そうな顔をした。

「でも、私を婚約者にしたら、あんたもしばらく結婚できないけどいいの？」

私が訊ねると、ナディルは当たり前のことを聞くなとばかりに眉を顰めた。

「まだ結婚はしない」

言って視線をそらされた。

「時期じゃないからな」

もうしばらく独身でいたいということだろうか。

私のほうは今まさに結婚適齢期なので、婚約者役が長引けば、結婚は難しいかもしれない。

でもやっぱり、没落しないことが一番大事だ。

ごめんなさい、お父様お母様、私の産んだ孫は見せてあげられないかもしれないけれど、でも、その場合養子取るから！　義理の孫は作れるから！

「ああ、それと、レティシアに優秀な侍女を一人取られて、今我が家は人手が足りない」

何をどうしたら、それと、と話がつながるのだろうか。

「へえ、そうなの？」

「その侍女は優秀でな。レティシアの身の回りのことだけでなく、掃除などの、メイドの仕事も担っていたんだ」

あ、オチが読めた。

「ごめんなさい、両親が心配するからそろそろ帰らないと……」

席を外そうと立ち上がるも、腕を引かれて椅子に戻った。ああ、お願い。口を開かないで！

「お前、実家では、メイドの仕事もしてるんだってな？」

「どうしてそれを……」

「仮にも婚約者にする相手のことは調べている」

私はあんたのこと大して知らないのだけど……。

勝手に調べられていることにイラっとしながらも、言葉を待った。

「メイド、やるよな？」

「やりませんけど？」

ぐっ、と握られた腕に力が入れられる。

「や、る、よ、な？」

「い、や、で、す！」

逃げようと立ち上がり腕を引き抜こうと頑張るも全然力が緩まない。こいつ、仮にも乙女の腕をなんて力で握ってるのよ！

「やらないってば！　婚約者役はやるんだからそれでいいでしょ！」

「いいわけあるか。それだけじゃ、お前が言った通り、割に合わない」

やっぱりただ婚約者役やるだけでは割に合わないと思われていたんだ！

「婚約者役をしている間、うちでメイドをやるということも込みでの肩代わりだ。それがいやならやめるか？」

「う……」

やめられるはずがない。

私は立った姿勢から、しぶしぶ座り直し、人生で出したことのないほど低い声で、「やります」と答えた。

ナディルはそんな私を満足そうに見て、頷いた。

「よし話はついたな」

こちらとしてはやや不本意だけどね……。

むっつりしていると、ナディルが布を投げつけてきて、私の頭に被さった。

「ちょっと……！」

「それに着替えてこい」

抗議しようとした声は遮られた。布だと思ったものは服だった。それも白と黒がメインの、メイド服だ。

「……本当にメイドをさせる気なのね」

「そう言っているだろうが」

しぶしぶそのメイド服を胸に抱える。

「どこで着替えればいいの？」

「ここを出て右隣の部屋を使え」

メイド服と共に部屋を出ていき、言われた通り右の部屋に入る。ベッドと机、一人がけの椅子に小さなチェスト。見た感じ使用人部屋だけれど、やけに広い。それこそ、隣のナディルの部屋と広さとしては同じぐらいだ。

「なんか変ね……」

使用人は普通もっと小さな部屋で、主人とは離れたところに住むはずだ。こんな真隣などありえるか？

まあ、細かいことを考えたらキリがないと頭を振り、メイド服を広げた。

「なっ……」

メイド服の全貌が明らかになって私は絶句する。あ、あいつ……！

私は部屋を出てナディルのもとへ戻った。

「ちょっと、これは何よ！」

メイド服を手に持って戻った私を見て、ナディルは舌打ちした。

「ちっ、着なかったか」

「当たり前でしょう⁉」

私は顔を赤くして怒鳴る。手に持っているのは、フリルがふんだんにあしらわれたメイド服。スカートの丈はとても短く、着用して少し屈(かが)めば下着が見えること間違いなしだ。

明らかに仕事用ではない。

「こんなの着て働けって言うわけ!? とんだセクハラだわ!」

「いや、ちょっと一回着ているのを見たかっただけだ」

「それで着た私を笑う気なのね? この性悪!」

このメイド服はとても可愛らしい。清楚な少女が着ればさぞ癒しになるだろう。

それが一転、私が着ればあら不思議、驚くほどにこの服のよさを消す。

つまりまったく似合わないのだ。これは体にメリハリのある人間には向かない。

「それ、お前が売っていた服だろうが」

「うっ」

そう、なぜこのメイド服にこんなに詳しいかというと、これは私が利子を返すためにしていた商売の商品のひとつだからだ。結構売れた。

「これは実用向きではないのよ……」

言いながらメイド服を返す。

「そうか……残念だな……」

何が?

「ほら、じゃあこれを着ろ。これなら問題ないだろ」

新しく別のメイド服を渡され、今度は部屋を出る前に形を確かめる。裏返しにしたりして確認するが、どこからどう見ても普通のメイド服だ。

ほっとしてそれを胸に抱えて部屋を出る。隣の部屋に入り、ドレスを脱いで、メイド服に袖を通す。ボタンを首元までしっかり留める。サイズも問題なさそうで、安心した。

「胸だけ入らないことがあるのよね」

なかなか理解されない苦労を一人呟き、ナディルのもとへ戻った。

「ばっちりだったわ！」

「ああ」

ナディルは着替えを済ませた私を上から下まで舐めるように見た。

「ぴったりか……」

「何？」

やや残念そうな声音だったが内容がよく聞こえず訊ねるも、ナディルはなんでもないと首を振った。

「あとは部屋だが、今着替えた部屋を使え」

「ああ、やっぱりそうなのね。急ごしらえした感じの使用人部屋だと思ったのよね」

広い部屋に対して質素な家具。大きさも合っていなくてちぐはぐだった。元々使用人部屋じゃないところに、家具だけ使用人用にそろえた様子だった。

「あれ？　でも隣でいいの？」

「ああ、問題はない」

ナディルは椅子に座ったままほくそ笑んだ。

「そのほうが都合がいいからな」

にやりと笑った男に嫌な予感しかしない。今のところその予感は百発百中だ。

「今日からここに住んでもらう」

「……はい？」

言われたことが理解できず、首を傾げる私に、ナディルはやれやれと首を振った。

「住み込みで働いてもらうと言っているんだ。わからないのか」

「は？　住み込み？　聞いてない！」

「今言った」

抗議の声を上げる私に対して、言った本人は涼しい顔をしている。

いや、おかしいとは思っていた。部屋にあったベッドは仮眠を取るにしては立派なものだったし、いくつかの服をしまえるチェストもあって、通いにしてはおかしいなと思っていたのだ。

「でも私義父母のお世話があるし……」

使用人みんな辞めてしまったからね……。

義母も家のことを少しはできるようになったが、不慣れな上、年齢も年齢だ。家のことを任せて住み込みなどとてもではないができない。

「大丈夫だ、安心しろ」

不安な様子を見せる私にナディルは言った。

「お前の家には一人使用人を送った」

「は……？」

使用人を送られても、その人の分の給金出せないんだけど。

「元々うちの使用人だ。金は俺が出す」

「……いやそもそも一人分労働力が足りないのに、さらに減らしてどうするの？」

私の疑問はもっともだと思う。人手不足だから働けと言われたが、これでは結局私と使用人を交換しただけで、労働力的に何も変わらない。むしろ慣れない場所で働く分、労働力はマイナスだし、ナディルの支出も増えるだけだ。

「まだわからないのか」

ナディルがまた鼻で笑った。

「ただの嫌がらせだ」

……はい？

「え？　何、ただの嫌がらせで私メイドさせられるの？」

「そうだ」

「私への嫌がらせってだけ？」

「そうだ」

「嫌がらせのためだけにわざわざ部屋用意したりしたの？」

「そうだと言っている」

何度も確認する私にナディルが多少イラついた様子を見せる。

というか、本当にそれが理由なら――。

「性格が悪い！」

「知っている」

私の罵倒も気にしない様子でナディルは紙の束を渡してきた。

「何これ？」

「明日からのお前が担当する仕事についてと、この家での過ごし方が書いてある。わからないことは明日聞け。今日は風呂に入ってもう寝ろ」

そう言うと、私の背を押して自分の部屋から追い出した。

今日から扱き使われる覚悟だった私は多少拍子抜けしながらも、休んでいいと言われたのだからと与えられた自室に戻った。

仕事をしないなら今日はもうメイド服を着ている意味はない。着替えようとチェストを開けた。

「あ、部屋着っぽいの発見」

動きやすそうな、シンプルなワンピースを見つける。私はメイド服を脱いで早速それを身に着けた。

「あと中にあるのは……」

同じようなワンピースがもう二着。さっきのとは別のメイド服が二着。どうやって調べたのかわからないけれど、私のサイズに合った下着が数点。

そして――。

おそるおそるそれを取り出す。

「ネ、ネグリジェ……」

しかもスケスケタイプだ。

私はネグリジェを床に投げつける。くそお、小さな嫌がらせをしてくる！

「あ、あいつぅー！」

隣の部屋から笑い声が聞こえた気がした。

◇◇◇

「ナディル様ー！　起きてください！」

紙に書かれていた仕事のひとつ目をこなすため、ナディルの部屋の扉をコンコンとノックしながら声をかける。しかし反応はない。

うーん、どうやって起こすべきか書いてなかったんだよな。部屋に入っていいのかな。

しかし、いきなり部屋に入ると機嫌を悪くする可能性もある。私はもう一度扉を叩いた。

「ナディル様ー！　朝ですよー！」

ドンドンドンと叩く。低血圧なのだろうかと考えていると、中から声がした。が、扉越しなのではっきり聞こえない。私は扉に耳を当てた。

「もっと近くで起こさないと起きない」

子供か！

本人の言う通り、近くで大声でも出してやろうと乗り込んだ。

「ナディル様！」

「うっ……」

朝の日差しを浴びるナディルを見て一瞬言葉を詰まらせる。

性格の悪さですっかり忘れていたけど、こいつ見た目はいいんだったわ！

キラキラと顔に朝日を受ける様は、うっかり見惚れてしまうものだった。

普段着ているきっちりした服ではなく、寝間着姿だからだろうか。妙に無防備で、なぜかそれが色気があるように感じてしまう。

あ、まつげ長い……と考えていたら思わず顔を近づけてしまっていた。慌てて顔を離す。

危ない危ない！

私が離れた瞬間、舌打ちが聞こえた気がするけれど、きっと気のせいだろう。

私は必死で自分に言い聞かせた。

――こいつの性格は最悪最悪最悪最悪……よし、ただの悪魔に見えてきた！

「ナディル様！　起きてください！」

耳元で叫ぶと、ピクンと反応した。しかし目を開けない。

「というか起きてるでしょ！　さっきしゃべっていたじゃない！」

「ちっ」

嫌々といった感じで目を開けたナディルは毛布を捲って体を起こした。

「次からはもっと色っぽく起こせ」

「はぁ？」

何言ってるんだ、こいつ！

「そんなサービスありません！　ほら、さっさと起きてください！」

「おい、言葉遣い」

「え、ああ、すみません。つい」

「そっちじゃない」

うっかり乱暴な言葉遣いになってしまい、慌てて言い直す。しかし、ナディルが言っているのは敬語のことではないらしい。

「普通に話せ」

「え？　でも一応メイドなので、敬語のほうが……」

「普通に話せ」

「わ、わかったからいちいち肩摑んで凄(すご)んでこないでよ！」

何か言いたいことがあるときの癖なのだろうか。肩を摑むナディルの手を、離せと振り払った。

「様づけもするな」

「え？　でも」

「いいな？」

「わかったわかった！」

再び肩を掴まれすぐに返事をした。ナディルは満足したのかベッドから降りる。

「おい」

「何？」

「着替え」

うっ……本当にするのか……。

昨日もらった紙に書かれていた仕事のひとつ。『着替えの手伝い』をしろと言っているのだろう。

「ねえ、これ執事さんにやってもらって、私は慣れた掃除とかのほうが」

「着替え」

聞いちゃいない。

私はしぶしぶ用意された服をナディルに手渡した。ナディルが怪訝な顔をする。

「何よ？」

その表情の意味がわからず訊ねる。

「脱がせろ」

「はあ？」

「手伝うというのは服を手渡すことじゃない。脱がせて着せろ」

脱がせて着せろ。

目の前の男はそう言ったのだろうか。

私は未婚の令嬢だ。当然ながら異性の着替えを手伝ったことはない。そんな私に、着替えを手伝えというのだろうか、この男は。

私は動揺を悟られないように、胸を張った。

「自分で脱いで着替えることもできないの？　子供みたい」

「俺を怒らせて逃げようとしてるんだろうが無駄だぞ。早くしろ」

考えを読まれている。

逃げ道がないようなので、ゆっくりナディルに近づき、着ている服のボタンへ手を伸ばした。

「……やっぱり自分で着替えたり」

「しない」

「そうよね……」

うぅ……私お父様以外の男の人の裸なんて見たことないのに……。

あれ、待って、見なきゃいけるんじゃない？

「……何をしているんだ？」

「目を瞑って着替えさせられるかなと思って」

「全然できてないぞ」

「そうよね……」

無理だった。

私は覚悟を決めて目を開けた。

「い、いくわよ」

「ああ」

ゴクリと喉を鳴らし、微かに震える指でボタンに触れる。自分で着替えるときは平気なのに、今は心臓がとても痛い。

「早くしろ」

「わ、わかってるわよ」

指が震えるからうまくいかない。自分で着替えるときの何倍も時間をかけながらボタンを外した。

外しただけで終わらないのが着替えだ。服をナディルの腕から外そうとそっと動くも、どうしても体が密着する。う、胸を当ててしまった。

「役得……」

「何？」

「いやなんでもない」

ナディルが何か呟いたが、緊張のせいで聞き取れなかった。はあはあと緊張から荒い息をつきながらもなんとか脱がす。

「……おい、なんでまた目を瞑るんだ？」

「だ、だって裸じゃないの！」

「下は穿いている」

「そういうことじゃないの！」

「だが目を開けて上着を着せてくれないと困る」

私はしぶしぶ瞑った目を開けた。

私は同世代の男性の裸など見たことはない。なのでこれが初めて見る男性の上半身裸の姿である。

完全に何も羽織っていない上半身は、ほどよく筋肉がついていて、男性らしさを感じさせた。肩幅もあり、私とは全然違う。

――男なのに色気がある……。

寝起きのせいもあるのだろうか。ナディルのだるそうな雰囲気も相まって、妖艶さを醸し出していた。

「どうした？」

「う、うぅ……」

私が戸惑っているのがわかっているはずなのに、訊ねてくるナディルは意地悪だ。私は顔が赤らむのを抑える術を知らぬまま、ナディルにシャツを着せる。

「いつもの数倍時間がかかるな」

「じゃあやらせなきゃいいじゃないの……」

「いやだ」

私の心からの願いは、あっけなく却下された。

「下は自分でやる」

「なら上も自分でやれば……ってきゃー！　目の前で脱がないでよー！」

私がいるのが見えていないかのように、ナディルは堂々と寝間着のズボンを脱ぎ去った。

「なんだ、そんなに凝視して」

「ぎょ、凝視なんてしてない……ってそのままこっち来ないでよー！」

「反応が面白いからもっとよく見せてやる」

「いらないいらない！　きゃー！」

私を追い込むようにして迫ってくるナディルから逃げようとあとずさるが、ベッドにまで追いやられてしまった。

「しっ、仕事してきなさいよ！」

「まあ少しぐらい遅れてもいい」

「よくない！」

二人で押し問答をしていると、部屋の扉が開いた。

「坊ちゃん！　いつまで部屋にいるんで……す……」

開け放たれた扉の向こうには、いつか見た若い執事がいる。

彼は言葉尻をすぼめながら呆然としていたが、ふいににやりとした顔つきに変わった。

私ははっとして自分の状況を把握した。

ベッドに押し倒された、赤い顔の私。ベッドに押し倒している下着のみのナディル。

「ち、違っ」

「なんだー！　やーっぱりコレなんじゃないですかー！　朝からお盛んで」

コレ、と小指を立てられ私は全力で首を振る。

「ご、誤解よー！」

つ、疲れた……。

ナディルを無事に送り出し、私はぐったりと椅子にもたれた。

「これが毎日あるのか……」

想像もしたくない。

「いやー、俺坊ちゃんの趣味は清楚系かと思ってたんだけどなー？」

にかっ、と笑いながらこちらを向いてそう言うのは、さっき私とナディルに対してとんでもない勘違いをしてしまった執事である。

今の発言からわかるように、誤解は一切解けていない。

「だから、そういうんじゃないんだってば」

「いいっていいって！　わかってる！」

執事は手で私を制してくるが、絶対わかっていない顔だ。

「庶民と貴族の身分違いの恋……燃えるよね……」

しかもいろいろ勘違いしている。

「私、見えないだろうけど、これでも男爵令嬢よ」

「え!?　見えない！」

そんなはっきり言うことないじゃない。

「てっきり俺と同じ孤児とかかなー、って思っちゃったー。ごめんごめん！」

「……あなた孤児なの？」

訊ねると、再びにかっ、と笑った。

「そうそう、俺孤児！　五歳のころ坊ちゃんに執事見習いとして拾ってもらったの！」

「へえ、そんなことしそうじゃないのに」

自分の利益にならなそうなことをするタイプには見えない。

「ねー！　意外でしょ！　と言っても、本当は違う子を引き取る予定だったらしいんだけど、その子がいなかったから代わりにってことでもらってもらえたの」

「ふーん？」

よっぽどナディルのお眼鏡に適う人間がいたのだろう。

俺ラッキーと言っている執事はとても優秀そうには見えない。何かしら特技でもあって、その子の代わりに来たのだろうか。

「でもあなた、もらわれて十年経ってる割に、言っちゃやなんだけど、庶民的というか……」

はっきり言っていいのかわからず、少し濁したが、要は公爵家の執事に見えないということだ。

「五歳で人格形成されちゃったみたいでさ！　言葉遣いとかもいろいろ頑張ったんだけど、そのうち『もういい』って言われてそのまま！」

それはあきらめられたのよ。

さすがにその言葉はぐっと飲み込んだ。

「追い出さないのが意外ね」

「坊ちゃんあれでも情に厚いところあるんだよ！」

今のところ私にはそう見えるところはないのだが、この少年はそう感じているらしい。

「でも坊ちゃん、今でもまだそのとき引き取ろうと思っていた孤児のことあきらめてないみたい。俺に思い出せることないかーって未だに訊ねてくるんだ」

「公爵家のコネやお金使えば簡単に見つけられそうなのに……」

不思議に思っていると、にしし、と執事が笑う。

「それが坊ちゃん、当時まだ十歳だったから抜けてたんだろうね。相手の名前も聞いてなくて、どこに引き取られたかも、管理がずさんな施設だったからわからなかったんだよ」

「この公爵家の管理で、そんなところあるのね」

「あ、違う違う、坊ちゃんが家出して道に迷ったときに見つけた孤児院だから、公爵家の管理しているものじゃないんだ」

家出。とてもするタイプには見えない。

「あ、いけない。俺、仕事戻らないと！　じゃあねー！」

執事は自分がしゃべりたいことだけしゃべるとその場を去っていった。なんだか嵐みたいな人だが、どこか憎めない。

行ってしまったあとに、あ、と気づく。

「私、自分も孤児だって言いそびれたわ……」

「それはなんだ……？」
帰ってきたナディルをお出迎えし、荷物を受け取りながら、部屋についていく。今朝と同じように、さあ着替えさせろと指示する男の前で、それをつけた。
「サングラスってやつ。これなら少し暗く見えるし、そっちから私の目もはっきり見えないでしょう！」

いい解決策だと私は自分を褒め称える。これがあれば裸を見ても今朝ほど恥ずかしくないはずだ。

ちなみにこのサングラス、貴族の方々に売りつけようとしたが失敗した商品である。貴族は自分に自信があるため、顔を隠すようなものはいらないとのことだった。

在庫を抱えるわけにもいかないので、ターゲットを変えて、庶民向けに少し改良した。直射日光の降り注ぐ場所で働く人を対象にしたらまあまあな売り上げになった。

「却下だ」

ナディルは苛立ちを隠しもせず、私がつけていたサングラスを奪い取った。

「あー！　何するのよ！」

「今後これをするのは禁止だ」

「どうしてよ！　仕事をスムーズにするために必要なのに！」

私の主張をナディルは一蹴した。

「俺はお前に仕事のスムーズさは求めていない。慌てふためく姿を見たいだけだ」

「あ、悪趣味！」

「どうとでも言え。ほら、着替えを手伝え」

「う、ううぅ……」

自分の手の届かないところにしまわれてしまったサングラスを名残惜しい気持ちで見つ

めても、手元に戻ってくることはない。

しぶしぶあきらめ、ナディルの服を脱がせていく。

今朝一回やっているもの。大丈夫よ。男の上半身裸なんて恥ずかしくもなんともないわ！

自分の心に言い聞かすが、意思に反して顔は赤みを増していく。

だめだわ、一日二日で慣れるものじゃないわ……。

震える指にほとほと困りながら、ナディルを見ると嬉しそうに口の端が上がっている。

悪趣味！　本当に悪趣味！

「ほ、ほら、ボタン外したから腕動かして！」

「優しくしろよ」

「変な言い方しないでくれる⁉」

明らかにこちらをからかう言い方だ。怒る私をナディルは楽しそうに見ている。

相手にするだけ無駄だ。私はナディルの着ている服を手早く脱がせる。

「ほら、脱がせたから、今度はこれに腕通して」

「今朝より動きがスムーズだな。つまらん」

「仕事というのは回数を重ねるたびに効率よくできるようになるものなのよ！」

恥ずかしがってはいるが、今朝ほど取り乱していない私にナディルは多少不満そうだ。

「俺はお前が取り乱している姿を見たい」

「そのセリフ、誤解を招くからよそで言わないほうがいいわよ」

部屋着のシャツのボタンを留めていると、今朝と同じように扉が開いた。

「今卑猥な言葉が聞こえた！」

「ほら誤解を受けている！」

前回と同じように扉をノックせずに入ってきた若執事。ナディルは不快そうに眉をピクリと動かした。

「ベン、ノックをしろ」

「すみません！　だって坊ちゃんの貴重なラブシーンが見れるかと思って」

「ベン！」

「すみませんすみません！」

ひと言もふた言も余計なことを言う若執事に、ナディルは苛立ちを露にする。そして本人から自己紹介される前に名前を知ってしまった。というか、自己紹介もしていなかったわ！

他の下働きの人たちには挨拶をしたが、この執事とは朝に別れたあとは会えていなかったので、まだできていない。

私は若執事に、すっと手を差し出した。

「挨拶が遅れたけど、私はブリアナ。一応男爵家の娘よ。しばらくナディルのメイドとして働くから、よろしくね」

「ブリアナさんですね！　俺はベン！　十七歳！　よろしくお願いします！」

にかっ、と若者らしい爽やかな笑顔を浮かべてベンが手を握り返してくる。ナディルにはこの無邪気さが足りない。

ほっこりしながら握手を交わしていると、上から手刀が入った。

パシっと手が離れる。

「…………」

「…………」

「…………」

呆然とナディルを眺める私とベンに対して、なぜかナディルも黙り込んだ。何やら考える素振りを見せつつ、咳払いをひとつする。

「未婚の女が気安く若い男と手をつなぐな」

暴論である。

「……手をつなぐなって……ただの握手よ……？」

「不必要なときにするな」

「挨拶に握手は必要だと思うのだけれど」

「するな」

「わかったわよ！」

本当はまったくわかっていないが、とりあえずそう言うとナディルは納得したようだ。

その様子を見ていたベンは、うんうんと何やら頷いている。そして小指を立てた。

「ブリアナさん、やっぱり坊ちゃんのコレですね！」

「違うって言ってるでしょうが！」

なんだかんだとあっという間に二週間過ぎてしまった。

この家で働いて二週間。ナディルの着替えにも慣れ、本人に盛大に悪態をつかれたのは三日前だ。

慣れて効率よくなったのに怒られるとはこれいかに。

三日前、手の震えもなく、落ち着いて着替えを手伝えたというのに、「もっと緊張感を持て」だの、「俺に対して失礼だ」だのとよくわからない罵倒をいただいた。相当気に入らなかったのか、ついに下まで脱ごうとしてきたので悲鳴を上げて逃げ出した。解せない。

そんなこんなでなんとかやり過ごしている私の主な仕事は、ナディルを起こすこと、ナディルを着替えさせること、お見送り、お出迎え、ナディルの部屋の掃除、ナディルの服の洗濯……と見事にナディル尽くしだった。仕事の内容に、悪意しか感じない。

まあでも過酷な労働環境ではないので恵まれているなと思いながら、ナディルのベッドシーツを替えていた。

う。

――のだが、ベンが突然ナディルの部屋に来た。何回言われたらノックを覚えるのだろう。

「ブリアナさん！　仕事です！」

「現在進行形で仕事中なんだけど」

仕事を増やすつもりなのかと睨んでみると、ベンは違う違うと首を横に振った。

「婚約者の仕事！　忘れていたでしょう！」

忘れていた！

あんまりにもメイド生活に慣れすぎて、これが仕事のすべてだと思っていたけれど、もとはといえば偽物の婚約者役をするというのが始まりだった。

「今夜パーティーがあるそうです！　準備するから、それ終わったらブリアナさんのお部屋に戻ってくださいね！」

「はぁーい……」

婚約者としてパーティーか……気乗りしない……でもやらなければいけない……。

私はできる限り時間をかけてシーツを綺麗に整え、自室に向かった。ただの悪あがきだが、少しぐらい悪あがきしても許されるはずだ。

自室の扉を開けると、ナディルがいた。

「なぜいる⁉」

「パーティーのためだ」

いや説明になってない！　説明になってないわよ！

てっきり部屋で侍女さんあたりが待ち構えていると思っていたのに、いたのはまさかのナディル。仕事どうした。

「さあドレスを選ぶぞ。何色にするかな……」

「え、何この大量のドレス」

「事前に作らせておいた」

「こんなに⁉」

ナディルはなんてことないように言うが、部屋に持ち込まれているドレスは十数着あるように思える。もちろんどれも上等な品だ。しかもナディルは作らせたと言った。既製品ではなく、特注品なのだろう。

そしてなぜ私のサイズを知っているのかそろそろ聞いてみたほうがいいのだろうか。いやだめだやめておこう。

「婚約者のフリをするだけなのにこんなに用意したの？　お金の無駄遣いだわ！」

「無駄じゃない。使う」

何回パーティーに連れていく気なのだろう。

「ここには少ししかないが、他にもあるぞ」

「いくつ作ったの⁉」

「必要な分だけだ」

絶対そんなに必要ない！　ああ、このドレス一着だけで、実家がどれだけ潤うか……。婚約者役が終わったら、これもらって帰れるかしら。私のサイズで作ってるし、退職金としてもらいたい。辞めるときに交渉しよう。

「うん、今日は青だな」

一人で納得してドレスを決めたナディルは、今度はテーブルに広げてあるアクセサリーに手を伸ばした。それらももちろん一級品であろう輝きを放っている。

「……まさかこれも買ったの？」

「ああ、必要だからな」

私からしたらありえない数の宝飾品が広がっている。

さすがにこれは退職金にしてもらうのはやめよう。額がとんでもなさそうだ。未来の奥様に差し上げるといい。ドレスはサイズが私用に仕立ててあるから、奥様には無理だろう。捨てるぐらいなら絶対もらう。

「金持ちのお金の使い方が理解できない……」

「普段はこんな使い方はしない」

「どうだか」

ナディルはアクセサリーを私に当ててどれにするか選んでいる。

「お前にあげたいと思っただけだ」

唐突なナディルの言葉に私は固まった。

やめて！　死んだ乙女心をくすぐる言葉を急に放たないで！　甘い言葉なんて言われ慣れていないから、些細なことでときめいてしまうのよ！

顔を赤くして動かなくなった私を見て、ナディルも自分の言葉に気付いたのか、ネックレスをテーブルに戻して沈黙した。

気まずい。なぜ動きを止めるの。

ナディルは広げたアクセサリーたちを手で弄びながら、眉間にしわを寄せた。

「お前は高級なものなど見たことないだろうからな。今のうちに存分に味わうがいい」

「ああ、わかってた！　あんたはそういう奴だってわかってた！」

ときめいた私が馬鹿だった！

憤慨する私を楽しそうに見るナディルは、アクセサリーを決めたようで、侍女を呼んだ。

気づかなかったが、部屋の隅に侍女がいた。よかった！　そうよね着替えはさすがにナディルはしないわよね！

ほっとした私を尻目に、ナディルは侍女に告げる。

「このドレスとこのアクセサリーに合う靴をいくつか持ってきてくれ」

「かしこまりました」

侍女はさっと部屋を出ていった。

ドレスも着ていない。化粧もしていない。髪型も整えていない。現在、靴を見繕っている最中だ。そしてナディルは未だに部屋におり、靴も彼が選ぶのだろうことが予想できる。

……パーティーまではまだまだ遠そうである。

パーティー準備だけで疲れ果ててしまった。

「どうしてあんなに時間かかるの……」

「俺の勝手だろう」

ええ、まあお金出しているのあなただからあなたの勝手だけれどね。

「だがこれからが本番だぞ。しっかりしろよ」

「わかってるわよ」

パーティーでは婚約者役をしっかりこなさなければいけない。

「よし、任せなさい！　お金の分だけはしっかり働くわよ！」

「頼もしいものだな」

私の気合の入った言葉に、ナディルはふわりと笑った。

「…………」

「どうした、急に固まって」

「……いいえ、あなた、普通に笑えたんだなと思って」

「どういう意味だ」

一瞬でむっつり顔に戻ってしまった。今まで私の前では企むような笑顔や、嫌味な笑顔ばかりだったから、驚いてしまった。

素の状態の笑顔のナディルは、普通の好青年に見えた。

「あなたも人間だったのだとわかって今安心したわ」

「なんだと思っていたんだ」

「魔王」

「お前な！」

パーティー会場までの回廊をそんな会話をしながら歩いていると、ついに扉にたどり着いてしまった。

使用人が扉を開けようとするのを横目に、目で頷き合う。

ここからが本番。

質のいい扉なのだろう、ぎい、という音もなく、静かに開く。会場の中をナディルと腕を組んで二人で歩く。

何人かがこちらを見てひそひそ話を始めた。想定内なので気にしない。

「やあ、ナディル、久しぶり」

「エイベル。久しぶりだな」

一人の男性が声をかけてきた。ナディルはにこりと微笑む。

「ブリアナ、昔なじみの、アランド侯爵子息、エイベルだ。エイベル、俺の婚約者のブリアナだ」

ナディルに促され、カーテシーを披露する。

「お初にお目にかかります、エイベル様。私はラリクエル男爵家の娘で、ブリアナと申します」

「はじめまして、ブリアナ嬢。私はエイベル、ナディルの友人だよ。よろしく」

エイベルは垂れ目をさらに垂れさせて挨拶を返してくれた。すごい人の好さそうな人だ。

こんな人とナディルが友人だなんて信じられない。

「君が婚約するだなんて、冗談だと思ってたんだけどな」

「冗談で公表するわけないだろう」

「ふうん？　で、二人のラブロマンスを教えてくれるんだろう？」

馴れ初めと言ってほしい。なんだラブロマンスって。ラブもロマンスもない。

ナディルが私に目配せした。

「小さいころナディル様に出会って、そこから疎遠だったのですが、最近再会しまして。私の初恋だったものですから」

もちろん嘘だ。

必ず聞かれる事項なので、ナディルから語る内容を決められていた。本当はもっと詳しく設定が練られていたけれど、わざわざそこまで話すこともない。

ところで、なぜ私の初恋設定なのだろう。やめてほしい。

「あー、なるほど。純愛だねえ」

「やめろ」

エイベルがナディルをからかうように肘で脇腹をつつくと、ナディルは不快そうにした。

初めは愛想笑いをしていたため、表面上の付き合いかと思ったが、そうではないようだ。

ナディル、友達なんて作れたのね。

妙に感心して見ていると、視線に気づいたのか、ナディルの眉間に皺が寄った。

「ナディル、飲み物持ってきてよ。私はブリアナ嬢と話してるから」

ナディルがこちらをちらりと見るので、大丈夫だという意味で頷くと、「すぐに戻る」

と言って、その場を離れた。

エイベルはにこりと垂れ目でこちらを見る。

「で、どうやってナディルを誑し込んだの？」

あ、こいつ嫌な奴だ。

「誑し込むだなんてそんな……」
私はできる限りか弱く見えるように困った顔をする。
まあ見た目がか弱そうには見えないからあまり効果はないかもしれないが、やらないよりはマシだ。これで攻撃するのは忍びないと思って引いてくれるならいい殿方ということだが――。

「そうでもしなければ、あのナディルが選ぶような女性に見えないんだけどな」

失礼すぎるだろう。

どうやらいい殿方でないエイベルは、ナディルがいないうちに私の手の内を探りたいらしい。

ナディルが戻ってきたら、心配してくれる友達がいてよかったねとでも言ってあげるべきだろうか。いや、ただの好奇心の可能性もあるな。

「私には今のところ君のいいところが見当たらないんだけど、どうなのかな？」

どうなのかなと聞かれても、こちらとしては、どうしようもない。

自分で「私こんないいところありますよ！」とアピールしろってことか？　残念ながら私はナルシストではない。

はっきり「あなたには好かれなくても困らない」とでも言っていいのだろうか。悪かったなお前の好みじゃなくて！

「それはナディル様が決めることですから……」

「で、どうやったの？　弱みでも握った？　それともやっぱり、それ？」

それ、と言って指差したのは、私だ。いや正確に言うなら私の胸だ。

どこで誰が見ているかもわからないパーティーで堂々とセクハラされた。

私は自分に耐えろ耐えろと言い聞かせる。

「私、なんのことだか……」

「カマトトぶらなくていいよ。君、今までも金持ち連中にすり寄ってたでしょう？」

どうやらエイベルは私のことを多少知っている様子だ。困った。確かに私は金持ちにすり寄っていた。だって没落寸前だったんだもの。

「確かにそう見えたでしょうが……」

「見えたじゃなくてそうでしょう」

まいった。こいつ本当に面倒くさい奴だ。

ナディルはまだかと周りを見回すも、どこぞの貴族様に囲まれているのが見えた。さしずめ、私とのことでも根掘り葉掘り聞かれているのだろう。

助けは期待できない。どうするか。

「第一身分も釣り合ってないじゃないか」

「ナディル様のご両親は愛があればいいと仰っているようですが」

「その愛が本物ならね」

しつこい。

私は冷や汗をかきながらも、微笑み続ける。ナディルが来るまで時間を稼ぐしかない。

「君のご両親はどうも立派な教育をしていたようだね。男に媚を売るように育てるなんて私には無理だな」

私はキレた。

「……あれ？」

無表情で反応しなくなった私を見て、エイベルも笑顔を引っ込めた。

私はそんな彼の胸倉を掴む。エイベルはとっさに反応できなかったようで、されるがままだ。

「私のことは好きに言うといいわよ。売女でも体だけ女でもすべての成長が胸にいったでも、いくらでも言うがいいわ慣れているから！」

「いやそこまでは言ってな……」

「でもね！」

途中何か言おうとしたエイベルを遮った。

「愛情かけて育ててくれた両親の悪口だけは、許さないわよ！」

エイベルが息を呑んだ。

「血のつながらない私を、一生懸命大事に育てて。結婚相手も無理しなくていいと言ってくれて。そんな両親が借金作ったら、どうにかしてあげたいと思うのが子心でしょう！　ええ、すり寄ったわよ！　金持ちに！　でもそれしか借金返す方法なんかないんだから仕方ないでしょうが！」

どうやら私は自分では大丈夫だと思っていたが、だいぶ鬱憤が溜まっていたらしい。

今までの貴族たちの反応を思い出しながら気づけば声を張り上げてしまっていた。

「あと大事なことだから言っておくけどね！」

ガクガクとエイベルを揺さぶって、驚いた顔を見てから手を離す。エイベルはそのまま床に座り込んだ。

「私は、処女よ！」

すっかり静まり返った会場で響いた自分の声を聞いて、私は我に返ったのだった。

「終わった……」

パーティーから一日経った今日。私は何をするでもなく、ドルマン邸で、自室のベッドに寝そべっていた。

ベンが今日の仕事はしなくていいと言っていた。おそらくナディルが話したのだろう。気遣わしげな目をしていた。

「もう、婚約者役は終わりかしら……」

そうなると借金はどうなるのだろう。すでに返してくれているのか、まだなのか。すでに返してくれていたら、今度はナディルに返済を迫られるのだろうか。

「なんてことをしたの私……」

いつもはどんなになじられても大丈夫だったのに。

最近のドルマン邸での好待遇に気が緩んでしまっていたようだ。あんな失態をさらすなんて。

ナディルは怒っているだろうか。怒っているに決まっている。帰り無言だったたし。

借金を返すための、一世一代の大勝負だったのに！

ぐずぐずと鼻をすする。お母様とお父様になんて言おう。怒るかな。いや怒らないな。

心配してくれるに違いない。そしてきっと苦労させたと泣くのだ。嫌だな、泣かせたくないな。

コンコン、と扉をノックする音が聞こえた。私は鼻をかんで「どうぞ」と言った。

「ブリアナ、どうだ」

どうだとはどうだろう。

ナディルの言葉にどう返したものかと考えつつ、泣き腫らした目で見た。ナディルが視線をそらした。なんだ、見苦しいってことか。自分でもひどい顔なのはわかっている。

私は意を決して口を開いた。

「お金のことなんだけど」

「…………うん？」

想定していなかった言葉だったのか、ナディルがきょとんとする。無防備なその顔をうっかり可愛いと思ってしまったが、そんなことを思っている場合ではないと頭を振った。

「できれば肩代わりしてもらって、徐々に返していくって形でもいいでしょうか……」

やはり図々しすぎただろうか。でもここで折れるわけにはいかないのだ。

「必ず返すから。お願いします！」

そうしなければ実家は終わりだ。私はベッドから降りて、ナディルに頭を下げた。頭上からナディルのため息が聞こえた。

「あのなぁ……」

ビクリ、と肩が震えてしまった。

「婚約はそのままだ」

「……へ？」

ナディルの言葉に顔を上げると、困ったように頭を撫でられた。

「あのぐらいどうってことない」

いや結構なことをしたと思う。

ナディルに撫でられたまま、訝しんで見つめる。

「むしろでかした」

でかした？

私はますますわけがわからなくなり、首を傾げた。

「こんなに早くことが進むとは思わなかった」

ナディルは私を撫でながらにこりと笑う。なんだろう。想定していた反応と違う。

混乱する私を前に、ナディルは機嫌がよさそうだ。

「坊ちゃん、エイベル様がいらっしゃいましたよ」

「通せ」

ベンは相変わらずノックをせずに部屋に入ってきた。ナディルは頷く。

……待って？　誰が来るって？

コンコン、と扉がノックされ、ナディルが応じた。待って、嘘でしょう。今来なくてもいいじゃない。

私の気持ちを置いて、無情にも扉は開く。そこに立っているのはもちろん、昨日私が胸倉を摑んでしまったエイベルだ。

さあっ、と血の気の引く私とは裏腹にナディルは楽しそうだ。

エイベルは垂れ目でこちらを見る。そして視界から消えた。

「すみませんでした‼」

見事な土下座だった。

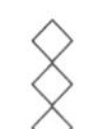

本当に、どういうことだろう。

私はナディルに促されて応接間に来ていた。当然ナディルも、エイベルもいる。

そしてエイベルは引き続き土下座中だ。

どうしよう。どうしたらいいだろう。

「あの……椅子にお座りになってください」

家主でもない私が言うことではないのだが、いたたまれずにそう言うと、エイベルはガバリと勢いよく頭を上げた。

「昨日あれだけの暴言を吐いた私に対してそんな言葉をかけていただけるだなんて……ブリアナ嬢……」

ちょっとうっとりした視線を向けられているのは気のせいだろうか。まさかあれで危ない扉を開いていやしないだろうな。

「おい、じろじろ見るな。減る」

そう言うとナディルはエイベルの襟首を摑んで立たせ、無理やり椅子に座らせた。エイベルは座り直すと、再び私に向き直り、頭を下げた。

「本当に昨日は失礼なことをしてしまって、申し訳なかった」

「あ、いや、私も、やりすぎてごめんなさい……」

いろいろと頭が追いつかないが、今のうちに自分も謝っておこうと、謝罪の言葉を述べる。エイベルは垂れ目に涙を浮かべた。

「ナディルが婚約したというからどんなお嬢様かと思えば、昔少し話題になったブリアナ嬢だったから、化けの皮をはがしてやろうと思って」

噂ってなんだろう。いや、予想できるから聞くのはやめよう。きっとどうしようもない内容だ。

「まあ、友人を思ってのことでしょうから」

エイベルの話だと、彼はきちんとナディルのことを友だと思っているようだ。ナディルにこんな友達がいるとは思っていなかった。

「うう、すまない……友人がとんだアバズレに騙されたと思ってしまって……」

「それはわざわざ言わなくてもよかったわ……」

そう……私の噂、アバズレなのね……いやわかってた、予測できていたけども！

「今まで女っけのなかった友人が連れてきたのがそんな噂のあるあなただったので、どうにか目を覚まさせたかったんだ！」

なんだろう、この、謝られているのにけなされている感じ。

今私は喜んだほうがいいのだろうか、悲しんだほうがいいのだろうか。エイベルは必死に頭を下げながら弁明する。

「ブリアナ嬢の事情をまったく知らずに、申し訳なかった。そんなに苦労していただなんて……うっ……苦労してて っ……」

ついに泣き出してしまった。

展開についていけずオロオロする私とは対照的に、ナディルは堂々としていた。

「うぅ……お詫びに今度ディナーでも」

「ベン、お客様のお帰りだ」

「えっ、ナディル心狭いよ！」

呼ばれたベンはエイベルを抱え、部屋から運び出した。

「絶対、ディナーに招待しますからねぇぇぇ」

遠ざかりながらも彼の声はしっかり聞こえた。そんなにディナーに呼びたいのだろうか。いいもの出してくれるなら私は行ってもいいのだけれど。

「ディナーはだめだ」

雇い主がだめだと言うので行けないようだ。

「で、わかったか？」

「何が？」

「エイベルの様子を見て、お前は自分が嫌われていると思ったか？」

「いや……どちらかというと好かれてる？」

たぶん、間違いではないと思う。そうでなければ、あんなに必死に謝ってこないだろう。

「お前との婚約は、お前に付き纏っている噂話が悩みの種だったが、状況がいい方向に変わったぞ」

「どういうこと？」

エイベルの反応を見るに、悪い方向にはいっていないのは私にもわかった。しかし、なにがどうしてそうなったのだろう。

「人間は、思ったより感情で動くものだ」

「……うん？」

「恵まれた環境にいる貴族にとって、哀れな境遇からのし上がった娘の話は感動話になる」

「……うん？」

ナディルはニヤリと笑う。

「お前には前から玉の輿に乗ろうとしているという噂はあったが、なぜそうなったのかという理由は噂になっていない。ただの金の亡者だ、男好きだと言われていただけだ。さて、その噂に、今度はそうならざるを得なかった理由がつくようになった」

理由、と言われ、目を瞬いた。それって、まさか——。

「男好きと言われていたブリアナ嬢は、実は親の借金を返すために努力する親思いの娘で、見た目だけで判断していたが、未だ純潔を守る、立派な女性だと」

「きゃー！　いやー！」

私が処女だという話が広まっている。いや事実だけど！　事実だけどそんなの広めることじゃない！

「お前の評価は一気に上がった。よかったな」

「びっくりするぐらい喜べない！」

恥ずかしすぎる！

「おかげで俺も、過酷な環境からお前を救い出したヒーロー扱いだ」

「うわぁ、みんな騙されてる……」

「ついでに幼いころ出会っているから、長年の純愛だとも言われてるぞ」

純愛という言葉がこれほど似合わない男にそんな評価がつくなんて。

「今後はみんなお前に優しくしてくれるぞ」

「うぅ……もうどこにも行きたくない……」

「じゃあ借金はそのままだな」

悪魔だ。

「行くわよ！　行けばいいんでしょう！」

「よし、じゃあ今から行くぞ」

え、そんなすぐに？

「待って私今泣いたおかげですごく不細工で」

「ああ、最高に不細工だな」

「ぶん殴っていい？」

「俺の顔に殴られた跡がついたら今度はバイオレンスな女だと噂されるな」

せっかく恥ずかしい思いをして上げた評判をわざわざ下げることはない。私は振り上げた腕を降ろした。

「安心しろ。今度はパーティーじゃない」

「じゃあ何？」

未だ泣きすぎでしぱしぱする目をこする。ナディルは楽しそうに笑った。

「視察業務に同行してもらう」

こんな泣き腫らした顔で人前に出ないほうがいいのではないかと提案するも、事前に決まっていたと言われ、さらには勝手に泣くのが悪いと言われた。もう人生終わったと思ったら泣きもするわよ！

そんなわけで、私は今ナディルと共に馬車で視察場所に向かっている。お供はベンだ。めちゃくちゃ泣き腫らした不細工顔だけれど行かなければならない。つらい。

「第一これ私必要なの？　行っても何したらいいかわからないし帰っていい？」

「婚約者がいると知らしめるためだ。何もしないで立っているだけでいい。貴族の妻は夫の隣で微笑んでいるのも仕事だ」

私そういうの苦手なんだけど……。

じっとしているよりしっかりした仕事くれるほうがいいなあと思いながら外を眺めていると馬車が止まった。

「降りるぞ」

手を差し出されて静々とその手を取る。一応こういう紳士的なこともできるのね。

「あれ？　ここ……」

私にとってはとても見覚えのあるところだ。

「孤児院だ。慣れないうちはこうした気楽なところがいいだろう」

なるほど。確かにいきなり商会などに連れていかれるより、初心者向けと言えるだろう。

懐かしい気持ちで眺めている私を置いてすたすたとナディルは孤児院の中に入っていってしまった。エスコートは最後までしなさいよ！

慌ててナディルの後ろについていく。

「お待ちしておりました」

久しぶりに聞く声がした。

「施設長、久しぶりだな。今日は視察に来た」

「ええ。予定通りですね。あら、こちらの方は……」

施設長と呼ばれた女性は、ナディルの後ろにいる私に気づいたようだ。私は一歩踏み出してナディルの隣に並ぶ。

「ナディル様の婚約者、ブリアナです」

わかるかな、と少しドキドキしながら自己紹介をすると、施設長は私をじっと見つめ、しばらくすると目を輝かせた。

「まああまあ、あなた、アナね！」

覚えていてくれたらしい。嬉しくて笑うと、施設長は私の手を握って、ある一点を見つめて言った。

「これはまた、びっくりするほど大きくなったわねえ」

ええ、私も自分の胸の成長にはびっくりしてますよ。

施設長の様子に緊張もほぐれ、はぁ、と深く息をついた。

「施設長――ママ、お久しぶりです」

実に十二年ぶり。七歳まで育った地で、私はにこりと笑った。

ナディルと共に、孤児院を見て回る。また、不備はないか、経営に関してもナディルは細かくチェックをしていた。

私がここの孤児院にいたころの子供たちはもう引き取られたか、独り立ちをしていて誰もいない。顔なじみがいないのを寂しく思ったが、そんな気持ちは一瞬で吹き飛んだ。

「お馬さんごっこしてー！」

「いや、おままごと！」

「かけっこのほうがいいって！」

「チェスやろうよー」

「なんでおめめ腫(は)れて不細工なのー！」

「今言ったの誰⁉」

私が怒鳴ると子供は楽しそうに「わー!」と言いながら散っていった。

子供ってすごい……。

あっちこっちに引っ張られ、もみくちゃにされ、私は疲労困憊だ。ママはこれの相手を毎日しているのか……もう結構な年齢のはずなのにどこにそんな体力があるのだろう……。

「相手してくれて助かるわー」

「ママ……」

ボロボロの私を見てママはニコニコ笑っている。ナディルは男の子たちに素振りを教えていた。

編み物をしながら、ママは「それにしても」と口を開いた。

「あの男の子みたいだったアナが、こんなに女らしくなるだなんて」

「はは……私も同じ気持ち……」

昔の自分を思い出して乾いた笑いしか出ない。

子供のころ、私はとても男っぽかった。木登りはしたし、虫取りも大好きだった。部屋で人形遊びするより、駆け回ることを好んでいた。ほどよく日焼けした健康優良児だった。男爵家に引き取られるとき、粗相をして早々に追い出されないか、みんなにとても心配された。

昔を懐かしんでいると、子供に背中から突進された。

「ねえー！　あそぼー！」

「うえ……」

さっきから遊びっぱなしだ。私は子供を引きはがした。

「ちょっと休憩ー！」

勝手知ったる昔の我が家だ。

私はその場から駆けだした。

◇◇◇

「子供は遠慮を知らない……」

そしてその子供に付き合ったら体力が持たないことを痛感した。なんであの子たち疲れないの。

子供のころお気に入りだった中庭に座り込んで、ため息をついた。

……そういえば、私の初恋もこの場所でだった。

「ここにいたのか」

頭上から声がして仰ぎ見ると、ナディルがいた。私の隣に来るとそこに腰を下ろす。

「子供たちの相手はもういいの？」

「疲れたから休憩する」

そうよね。疲れるわよね……。

自分だけじゃなかったことにほっとしながら、風で揺れる草を見る。昔はここでよく鬼ごっこをしたなぁ……。

「ここにいたころのこと、覚えているか？」

急にかけられた言葉に驚いて勢いよくナディルを見る。

「ここ出身だって知ってたの？」

「ああ」

どこまで調べられているのだろう。

自分のことばかり知られていて釈然としないが、こればかりは仕方ない。

「覚えてるかって言うと……多少は……ってところかしら……」

当時遊んでいた子供全員を思い出せるほどは覚えていない。自分の印象に強く残ったことぐらいだ。

「あ、でも初恋の子のことは覚えてるわよ！」

「初恋……？」

ナディルは私を見て不思議そうにしている。

「お前にそんな繊細な心があったのか？」

「あんたいい加減にしないと引っぱたくわよ」

すっと手を上げると、ナディルは冗談だと首を振った。私は手を下げる。

「で、初恋の相手はどんな奴なんだ？」

まさかナディルが食いついてくるとは思わなかった。

どんな奴……って。

私は当時を思い出しうっとりする。女の子にとって初恋は特別なものなのである。

「うふふ、聞きたい？」

「笑い方が気持ち悪い」

「乙女に向かって失礼な男だわ」

だがナディルが失礼なのは今に始まったことではない。無視して当時の記憶をたどる。

「あれはよく晴れた日のこと……」

見慣れない子供がいる。

お気に入りの中庭にいるその子に、私は声をかけた。

「ねえ」

その子はビクリと体を震わせると、こちらを振り向いた。私とそう年が変わらなそうな少年だ。着ている服からこの孤児院の子でないことは一目瞭然だった。

「あなた誰？　どこから来たの？」

「……お前に関係ないだろ」

「私ここに住んでるから関係あるわ」

「………」

少年は黙り込んでしまった。ただ座り込んで地面を睨んでいる。

「あなた、暗いのね」

「……は？」

じっと地面を見ているだけの少年にそう言うと、少年は機嫌悪そうに眉を顰めた。

「何か悩み事があるんでしょう」

「どうしてそう思う？」

「そんな綺麗な服を着た坊ちゃんが、こんな寂れた孤児院に入り込むんだから、そうとしか考えられないと思って。ただ迷っただけなら誰かに声かけてすぐ帰るだろうし」

「………」

まただんまりだ。どうしようか考えあぐねていると、他の子も寄ってきた。

「アナ、誰そいつ」

「んー、友達？」

「はあ!?」

友達と言われたのが心外だったのだろう。声を荒らげた少年に覆い被さるように近寄って小声で話した。

「友達ってことにでもしておかないと、すぐにここから放り出されちゃうわよ？」

「………」

また無言だが、これは納得したのだと判断した。

私は少年の手を摑んで立たせる。

「お、おい！」

「なーにをうじうじしてるかわからないけど、じーっとしてるからいけないのよ！　体動かしたらそんなこと考えてる時間もないわ！　ということであなた鬼ね！」

「は!?」

「逃げろーー！」

十数えてねー、と言いながら、他の子供たちと一緒にその場から走る。「なに！」とか「おい！」とか抗議の声が聞こえるも、無視をする。そのうち数を数える声が聞こえた。

少年はこういう遊びがあることは知っているが、やったことはなかったらしい。不器用に遊びに交ざる少年にあれこれ教えてあげると、すぐになじんだ。暗かった少年の顔には笑みも浮かぶ。

「あー、楽しかった！」

もう夕方だ。少年は帰らなければならない。

「あ、あの……」

少年は俯きながら、話しかけてきた。

「……今日はありがとう。すっきりした」

どうやら私がしたことはおせっかいではなかったらしい。私は嬉しくなってにっこり笑う。

「どういたしまして！」

私の顔を見ながら、少年は顔を赤らめた。

「その……」

「ん？」

「お前、好きな奴とか、いるのか……？」

「好きな奴……？」

私はしばし考えて、頭に浮かんだことを口にした。

「王子様！」

「おうじさま……？」

「物語の王子様はかっこいいの！　お金持ちで大きなお城に住んで、顔も綺麗で！　やっぱ結婚するなら王子様よね！」

私はニコニコしながら話す。少年はさっきまでの照れていた顔はどうしたのか、一気に不機嫌な顔になった。

「王子様と結婚できるわけないだろう」

「何？」

少年の言葉に私はムッとして頬を膨らませた。

「できるもん！　迎えに来てくれるもん！」

「ありえないな。王子様が庶民を相手にするか」

「物語では下町育ちの子が王子様と結婚するもん！」

「ありえない！」

「ある！」

「ありえない！」

「ある！」

しばらく言い合いをし、お互い息切れしながら睨み合う。

睨み合いから先に視線をそらしたのは向こうだった。

「……俺が迎えに来てやる」

「え？」

「王子様じゃないけど、それに近くなってやるからな」

待ってろ。

少年はそう言うと、赤い顔のまま走っていった。

私は言われた内容を吟味し、理解すると、顔を一気に火照らせた。

ブリアナ、七歳。初めてのプロポーズである。

「というのが私の初恋」

ああ、甘酸っぱい思い出……。

あれ以来真剣なプロポーズは誰からもされていない。後妻や愛人のお願いしか来なかった。どうやらあれが私の唯一のモテ期だったらしい。悲しい。

私の話をナディルは遮らずに聞いていた。

「……もし、そいつに会えたらどうするんだ……？」

「会えたら？」

考えたこともなかった。

会えたらかぁ。

「とりあえず、私のこと覚えているか聞くかなあ」

「それから？」

「え？　それだけ」

私の答えを聞いてナディルはびっくりした顔をしている。彼にしては珍しい表情だ。

「結婚を迫ったりしないのか？」

「え？　しないしない！　小さいころに一度遊んだだけよ？　お互い、いい思い出でしょう。あの子の着ている服は上等だったし、かなりいいところの坊ちゃんだろうから、私じゃ釣り合わないだろうし。どうせもう結婚してるか、婚約者がいるかでしょう」

残念ながら私はもういい年した女だ。夢と現実の違いぐらいわかっている。白馬の王子様が助けてくれるのは絵本の中だけだ。

「お前……」

ナディルが何か言いたそうに何度か口を開きかけたが、最終的には大きなため息をついた。

「そうだよ……そういう奴だよお前は……」

「なんだろう、けなされてる気がする……」

今の流れでなんでそうなったんだろう。私ただ昔話してただけなのに。

落胆した様子のナディルは、立ち上がって服に付いた草を払って一人で歩いていってしまった。あ、あれ、なんで？　何かした覚え本当にないんだけど……。

追いかけたほうがいいのか、よくわからないから放っておいたほうがいいのか考えあぐねていると、突然背中に衝撃を受けた。

「うわわわごめんなさいブリアナさん！　大丈夫ですか？」

子供と遊んでいたベンが座り込んでいる私に気づかずに衝突したらしい。

「痛いじゃない！」

「ごめんなさいごめんなさい！　悪気があったわけじゃないんです！　人は急には止まれないんです！」

「それを言うなら馬車でしょ！」

ベンに手を差し伸べられて立ち上がる。勢いよく当たった割に大きな怪我(けが)はない。背中に青痣(あおあざ)ができる程度だろうか。

「気をつけなさいよね」

「すみません……ついはしゃいじゃって……」

ベンはしょんぼりと肩を落としている。

「ここ、俺がいた孤児院なんで、懐かしくて」

え？

「ベンがいた……孤児院……？」

ベンは十七歳……十二年前は五歳……五歳のベン……。

「は、鼻タレ小僧のベン！」

思わず叫ぶと、ベンはきょとんとした顔をしたあと、あ、と声を上げた。

「ア、アナ姉!?」

同僚が、同じ孤児院出身だった。

「アナ姉かぁー！　いやあわからないわからない！　わかるわけないよね！」

「どういう意味か言ってもらっていい？」

「昔は色気の欠片もなくてむしろ食い気……ごめんなさいごめんなさい！」

隣に座るベンの脇腹を抓るとすぐに謝ってきた。失言が多いところと堪え性がないところは昔と変わりない。

「あのベンが鼻水垂らしてないとか想像したことなかったわ」

「逆に大人になっても鼻水垂らしてると思ってたの？　アナ姉の中の俺どんななの？」

「鼻タレ小僧のままよ」

「鼻タレ小僧のままかぁー！」

そう嘆くベンの鼻はあのころと違い、水分は垂れていない。常に鼻をかめるように紙を持ち歩いていたベンとは結びつかなかった。

「ベンこそ私がどうなってると思ってたのよ」

「いろいろやらかして引き取られた家から追い出されて自力で生き抜くナイスガイになってると思ってた！」

「どこから私は突っ込んだらいいのかしら」

ベンの中の私は何者なのだろう。いろいろな前提から間違っている気がする。

「そもそも私女なのにナイスガイって何よ」

「アナ姉ほど男前な子供いなかったじゃん。むしろ性別偽ってると言われたほうが通るレベル」

「そうなのよね。私もここにいたころ、自分の性別を間違って教えられているのかと思ったもの」

「アナ姉、そこ納得するところじゃないと思う」

「立ちションができないことで男じゃないことを実感したのよね」

あのときはショックだった。後々生えてこないことを知ったときもショックだった。だって私、他の男の子よりケンカ強かったし、運動神経よかったし、頭もよかったし、子供たちのリーダーだったし、完璧な男の子だと思ってたんだもの。

女であることを実感したのが、立ちションできなかったときだなんて他では言えない。

「引き取られるときも何度も本当に女の子か確認されたのよね」

「アナ姉髪短かったし、ズボン穿いてたからね」

「動きやすくてよかったのよ」

機能性重視だった。

「それがなぁ……それが……ボインは予想外だよ……」

「もちろん私も予想外よ」

ため息をつきながら自分の胸を見る。当時はこんなになるだなんて思わなかった。大きくなってからは動くのに邪魔だなと思った。今は服を選ぶのが面倒だなと思ってる。無駄に服にお金がかかる。

「平均的なのが一番いいのよ。かかる費用を考えても」

「ああ、やっぱり金がどうこう今も言ってるんだ」

「もちろんよ。世の中ね、お金があればなんとかなるものよ、ベン」

「夢がないなぁ」

夢では腹は膨れない。

今はナディルが管理しているからだろう、孤児院の状況はかなりよくなっているようだが、私がいたころは、もっと環境は悪かった。ご飯をたらふく食べることは難しかった。

そういう環境で育てられれば、現実を見る子供になる。私はその代表的な子供だった。

「まあアナ姉が教えてくれた文字はタメになったけど」

「ほら、もっと感謝しなさいよ。崇(あが)め奉(たてまつ)ってもいいわよ」

「アナ姉のだめなところはそういうところだと思う」

ベンは話しながら、「あー」と気の抜けた声を出す。

「アナ姉が見つかったなら、俺本当に追い出されちゃうかもー」

「なんで？」

「前話したでしょ、本当は俺の他に引き取りたい子供がいたって」

メイドになってすぐに聞いた話だ。私は頷いた。

「あれ、アナ姉」

「え？」

十二年前、私をナディルが欲しがってた？　それって……。

「それってあのナディルから見ても私ってかなり優秀だったってこと⁉」

「代わりに来た俺ができそこない扱いされているからそうなんじゃないかな」

「だってあんた本当に仕事できないじゃない」

「ひどい……」

ベンがべそべそ泣き始めたが、それどころではない。

まさかナディルが私を引き取りたがっていただなんて！

「こうしちゃいられないわ！　ベン、またね！」

「あ！　アナ姉！」

待ってー！という声を無視して私は走りだした。

「ナディル！」
走ってナディルのもとに行くと、ナディルは子供たちに群がられていた。うわぁ、普段とのギャップがすごい。頭にも乗られている。
「なんだ？」
まだ機嫌が悪そうだ。だがきっとすぐによくなる。ふふふ、と笑いながら、私はナディルの頭に乗っている子供を引っぺがした。

「もう、早く言ってよね」

「……何をだ？」

ナディルが何か期待するように私を見つめる。

「あなたが欲しがっていた子供は私よ！」

自分を指差しながら胸を張って言ったが、ナディルは無視して子供と戯れだした。

「ちょ、ちょっと！　ねえ、ほら、ベンより優秀な子供！」

「その言い方はないよアナ姉ぇ！」

はあはあ息切れしながらようやく私に追いついたベンが不満の声を漏らす。

ナディルは仕方なさそうに膝の上に乗っていた子供を降ろした。

「それがどうした」

「だから、こいつの仕事を私にさせるといいわ！」

ナディルが呆れ果てた顔をしてまたさっきの子供を膝に戻した。

抗議の声を上げたのはベンだ。

「アナ姉そりゃないよ！」

「元々私を雇いたかったんだし、ここはさっくりベンに辞めてもらって、私がその仕事をやればベンの分の人件費は浮くし、私はあんたに恩を売れるし、一石二鳥よ！」

「お前は恩を返せ」

「うっ、そうね、返すほうが先だったわ……」

先に恩をもらっていたわね……。

「ならその恩を返すためにもベンにはさくっと辞めてもらって」

「さっきからそのさくっとって何？　さくっと辞めるわけないよね！　俺絶対辞めないから！　居座るから！」

ベンはナディルの膝にいた子供を降ろし、そこに自らの頭を突っ込んで、ナディルのお腹に頭を擦(こす)りつけている。

「坊ちゃん！　俺のこと捨てないですよね！　俺今さらよそで生きていけないですよ！　だって仕事できないですもん！　馬鹿ですもん！　ね、捨てないですよね⁉」

「現在進行形で捨てたくなってきた」

「どうして⁉」

しっかりしがみつきながら、ナディルのお腹に頭をつけてグリグリやっているからじゃないだろうか。

「俺が五歳のときからの仲じゃないですかー！　拾ったら最後まで責任持ってくださいよー！」

ベンは変わらず頭をグリグリしている。ナディルはふう、と息をついた。

「あー……一応俺はベンを捨てる予定はない」

その声にベンはガバリと顔を上げ、キラキラした目でナディルを見る。

「一度拾ったからには責任を持つつもりだ。雑に扱えるしな」

「坊ちゃん！」

感動したようにベンが胸の前で手を組んだ。雑に扱うってはっきり言われているけれどいいのだろうか。

「えー……経費減らせてお互いにとってもいい案だと思ったんだけど」

「これでもここまで育てたからな」

ベンは未だにナディルの膝にいる。それを見て私は手をポンと打った。そうか、ベンは執事というより——。

「ペット枠ね！」

ベンの口から「俺の扱い……」と漏れたのは聞こえなかったことにした。

「ディナーに招待しに来たんだけど」

本当に来るとは思わなかった。

エイベルがこの間の詫びだと言いながら、花束を持って現れた。手土産をしっかり用意するあたり、紳士的な男である。

そしてディナーに誘われているわけであるが、おかげ様で雇い主がとてつもなく不機嫌である。

「ディナーは却下だ」

「えー？　本当に心が狭いなぁ」

この間ディナーはだめだと言っていたのは本心からだったらしい。即却下したナディルは心が狭いと言ったエイベルを睨みつけている。ちなみに私も従業員の夕食の相手にまで口を出すのは心が狭いなと思っている。

「じゃあランチはどう？　夜ほどおしゃれじゃなくなっちゃうけど」

「却下だ！」

なおも誘ってくるエイベルの声を遮って力強く断るナディル。

エイベルはナディルと私を見比べた。

「普段、二人は一緒にご飯食べてるの？」

「え、ええ、朝と夜は」

昼はナディルが仕事に行っているので他の使用人たちと一緒に食べている。

「じゃあ今日も一緒？」

「ええ、ちょうどこれからです」

途端、余計なことを言うなという目でナディルに見られた。しかし、もう口にしてしまったのだから仕方ない。

エイベルはにこにこしながらナディルにおねだりする。

「じゃあ今日は私もここで食べさせてくれる？　それならいいでしょう？　ナディル」

「よくない」

「だめなら私は何度でもディナーのお誘いに来るけど」

人好きする笑みのままナディルに交渉するエイベルは、実はかなり強かなようだ。さすがナディルの昔からの知り合いだ。

ナディルは悔しそうな顔をしながら、ベンにエイベルの分の食事も用意するように指示を出していた。

そして私はナディルに恨みがましい目で見られた。

わ、私悪くないでしょう⁉

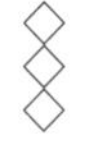

「さすが公爵家！　おいしいねえ」

侯爵家であるエイベルもこれと同レベルのものを食べているだろうと思うが、おいしいのには同感である。我が家で食べていたものとは質が違う。ひと口食べただけで素材の良さがよくわかる。

「早く食べて早く帰れ」

しかしそんな質のいい食事をしているナディルは大層不機嫌である。

「ブリアナ嬢と二人きりがよかったんだろうけど、たまには私がいてもいいじゃないか。

ねぇ？」

いや、ねぇ？と言われて私に振られても困る。とても困る。そしてなぜかギロリとナディルに睨まれた。

なんで？　どうして？

「――で」

エイベルがにこりと人の好さそうな顔で笑う。

「ブリアナ嬢は、ナディルとどんな契約をしているんだい？」

ギクリと肩が動いてしまった。そしてそれを見逃すエイベルではない。ナディルにさらに睨みつけられた。し、仕方ないじゃない！　こういうときに無反応になれる鉄の心を持っていないのよ！

「なんのこと？」

無駄だろうと思いつつ誤魔化そうとするも、エイベルは首を振った。

「わかっているんだよ、ブリアナ嬢」

エイベルはふう、と息をついた。

「だって脅されでもしなければ、ナディルと婚約するだなんてありえないでしょう？　この性格だよ？　好きになるわけないよね？　この性格だよ？」

ひどい言い草である。確かに性格はよろしくないが、そこまで言うほどではない……と思う……。

「い、いいところも、あると、思う……」

なぜか照れてしまい、声は小さくなった。

エイベルはきょとんとした顔をしたあと楽しそうに笑った。

「だって！　よかったね！」

「うるさい」

言いながらナディルは私から顔をそらしている。耳が少し赤く見えるのは気のせいだろうか。

「でも君のよさは、私だってわかっているんだ」

エイベルは、だから、と言葉を続けた。

「私のことをぜひ今後は友人と公言してくれて構わない！」

「すまないが、お客様がお帰りのようだ」

ナディルがベンに指示を出してエイベルを追い出そうとしている。エイベルは慌てたように垂れ目をさらに下げて手をワタワタさせた。

「だって、ブリアナ嬢に紹介したときだって、『昔なじみ』とか言って！　あれ意外と傷ついていたんだよ!?」

「昔なじみで間違いないだろう」

「そうだけれども！」

エイベルがなおも食い下がろうとするが、ナディルはすげない。やがてあきらめたエイベルは私に向き直った。

「だからブリアナ嬢も、未来のお嫁さんとして、このナディルの友人の私をいつでも頼ってくれていいよ！」

パチリとウィンクされた。

ナディルがだめだったからこちらにターゲットを絞ったのだろうか。

「はあ」

気のない返事をしながら、ナディルを見ると、まんざらでもない顔で食事をしている。

これは、たぶん嬉しいのだろう。

エイベルはそれに気づかず懸命に私に話しかけている。

――まったく、素直じゃない男！

可愛いところもあるじゃないと思いながら私も食事を口に運んだ。

「そして二人の子供が生まれた暁には、ぜひ、名付け親にならせてほしい……」

「ベン、お客様をお連れしろ」

「え、ちょっと、ひど……え、本当に追い出すの？　ねえ？」

ベンに引きずられながら、食い下がるエイベルだが、ナディルは無視を決め込んでいる。

「ひどいよナディル！　あ、ブリアナ嬢、また食事しようね！」

「あ、はい」

「律義に答えなくていい」

思わずした返事に、ナディルが口を挟んできた。エイベルはそのまま引きずられていく。

どんどん遠ざかる声が「またねぇ～」と言った。

ベンは慣れた手つきで引きずっていったけれど、よくあることなのだろうか。

「あの人、いつもああなの？」

「ああ、そうだ」

ナディルは疲れた様子だ。

「あいつはいつも勝手にこっちを引っ掻き回していくんだ。いい迷惑だ」

「へえー」

「大体あいつは……なんだ？」

私の視線に気づいたナディルが言葉を止めた。

「いやあ」

思わずにやけるのを我慢できない。

「いいお友達だねえ」

途端にナディルは顔を赤らめ、無言で食事を再開した。

本当、素直じゃない可愛い男である。

「薄情な友達が、全然来ないと思ったら、兄の婚約者になったと聞いたので、来ました！」

まっっずい。

いろいろ忙しく過ごしていてすっかり忘れていた。

今や王太子妃となったレティシアは、不機嫌な表情を隠さずに、ドルマン邸の扉を叩いた。

服装は王太子妃に相応しくない、下町の娘風のワンピースである。

絶対こっそり抜け出してきた！　絶対また脱走している！

結婚しても脱走癖は治らず、その後も脱走術は日々巧みになっていると、以前王城に行ったときにマリアがぼやいていた。一番被害をこうむるのが、常にレティシアについているマリアである。たまにドッキリも仕かけてくるからスリリングな日々であると言っていた。

そんなスリルは御免こうむりたい。

レティシアは勝手知ったる我が家を、ずかずかと進んでいる。それに慌ててついていく。

居間にたどり着くと、乱暴な仕草でソファに腰かけた。そして視線でそこに座れと、対面するソファに促された。

すごすごと大人しくソファに腰かける。

「どういうことなの？」

どういう……どういう……どう言えばいいのだろう……。

借金が本当にどうにもならないところまできて、そんな中なぜかあなたのお兄さんからパーティーの招待状をもらって行ったら、なぜか偽の婚約者役をやる上に、メイドまでやることになったけど、代わりに借金がチャラになる……。

言葉にしようとするとなかなかにシュールである。

「兄様とそんな仲になっているなんて聞いてないんだけど！」

言ってもないし、言ってもいない。

しかし、言っていいかどうかの判断がつかない。ナディルは実の妹まで騙す気なのだろうか。確認しておけばよかったと後悔する。

レティシアはどこでこの情報を知ったのだろう……と一瞬思ったが、おそらくあのエイベルとの件が噂になっているのだろう。王太子妃の耳にまで入るとは、なかなかの効果を発揮している。私が何を叫んだかまでは知られていないのを願うしかない。きっと王太子妃の耳に、はしたない話が入らないよう、周りが気を配ってくれているはず。そうでなければ困る。本当に困る。

レティシアは悔しそうに顔を両手で覆った。

「友達なのに教えてくれないだなんて！」

「い、いや騙そうとしたわけじゃなくて……ちょっと忙しくて、話をしに行く暇がなくて……」

あまりの嘆きように思わずそう言う。忙しかったのは嘘ではない。

レティシアは嘆いて覆っていた顔を上げて、はっと息を呑んだ。

「まさか私以外の友達に言ってたり……？　ひどい！　私はあなたとマリアしか友達いな

いのに！」

なぜか自らの悲しい交友関係を暴露された。

しかし私も似たような交友関係である。

「いや、借金持ちの私に友達なんていないから。レティシアだけだから」

途端ぱあ、と顔が輝いた。本当にわかりやすい娘である。

「そうよね！　とても友達がいっぱいいるタイプには見えないものね！」

「どういう意味よ！」

失礼なことを言うレティシアに怒鳴るも、レティシアはすっかり調子を取り戻し、ベンにお茶の催促をしている。

「ベンは相変わらず仕事できないのね。お客様が来てすぐにお茶を出さないだなんて」

「いきなり来ておいて無茶言うのはやめなさいよ」

ただ、いつまでもオロオロしてお茶の準備にも取りかかっていなかったので、仕事ができないということには同意である。

しかしたぶんベンはそれでもいいのだ。ペット枠なので。

「で、ずっと気になってたんだけど……」

私はギクリと体を硬くする。

「その服装、何？」

きた！

絶対触れてくると思ったのだ。というか、私がレティシアの立場なら必ず触れる。確実に触れる。だってとても気になる。友人がメイド服を着ていたら。

そう今、私はメイド服を着ている。

というか、ナディルの偽婚約者兼雇われメイドになってからは日々この姿で過ごしているのだが、そんなことを知らないレティシアからしたら不思議でたまらないだろう。

「まさか……」

レティシアが胡乱げな目をする。

「兄様の趣味？」

「ふざけるな誰の趣味だ」

よかった、ナディル帰ってきた！　後ろになぜかエイベルもいる。

「だってこれ、どう考えてもブリっ子用に作られているじゃない！　前々から準備してなければこんなぴったりサイズにできるわけないでしょう⁉」

それは私も気になっていた。

このメイド服は私にちょうどいいサイズで作られている。私は通常より胸が大きいから、既製品の服は着られないのだ。だから、これがたまたまこのサイズであったとは考えにくいのだ。

ナディルは口に手を当てて考えている。

「……前からうちで雇う話をしていたんだ」

私たちの関係を言わなかったところを見ると、ナディルは私との関係を、レティシアに知られたくないようだ。とりあえず話を合わせることにする。

「そうなの。だから事前にサイズの合ったメイド服も準備できたのよ」

私の言葉に、レティシアはまだ疑わしげだ。

「えぇー……でもこの屋敷で働いているメイドの服と違って、ちょっとした部分にレースがあったりして、明らかに贔屓してると思うんだけど……」

「していない気のせいだ」

だいぶ早口で否定するナディルをレティシアはやはり納得していない顔で見ている。

確かに、私の服は他のメイドと少し違っている。基本は同じなのだが、裾にほんのりレースがあったり、ボタンの形が違ったりする。

今さらだけれど、これってもしかしてナディルの趣味なのだろうか。

そういえば、前、エイベルに会ったパーティーでも、ナディルは私の準備にとても力を入れていた。

そこで私はポンと手を打った。

「ナディルはファッションが好きなのね!?」

自信を持って言ったのに、なぜか兄妹二人から呆れた顔をされた。

「ああそうそうだ」

「ええもうそれでいいんじゃないかしら」

「ど、どうして急にそんなおざなりに!?」

さっきまであんなにいがみ合っていたのに、すっかり意見を一致させた兄妹に驚くも、二人はお互い頷き合った。

「いや、なんか大体わかったから……大変そうだなあとは思う。兄様が」

「え、どうしてナディルが!?」

「そういうところよ」

そういうところってどういうところ？

まったく理解できない私を置いて、兄妹二人は理解し合っている様子だ。さすが兄妹というところだろうか。

そんな私の肩をエイベルがポン、と叩いた。

「ブリアナ嬢、私も友達だからね！」

もしかして、それを言いたくて、ずっといたのだろうか。

だが気持ちはありがたい。礼を述べようとすると、その前にレティシアの声が挟まった。

「親友は！　私だからね！」

ね！とレティシアが手を握ってくるので、思わずコクコクと頷く。

後ろでナディルがため息をついた。

「こんなふうに毎回脱走されても面倒だ……。今後は定期的にレティシアに会う日を作ろう……」

同意である。

◇◇◇

「デートというものに行こうと思う」

突然そう言いだしたナディルに、私は頷いた。

「うん、いってらっしゃい？」

どうぞ、と手を振る私を見てナディルは眉間にしわを寄せた。な、なんで？

「お前と俺の関係は？」

「ええっと……雇い主と雇われた人間？」

ほっぺを軽く引っ張られた。

「俺とお前は今、仮とはいえ、婚約関係だろうが」

「……うん？　だから、偽の婚約関係だから、どうぞ、デートとかご自由にって意味だったんだけど……」

今度は反対側を引っ張られた。

「俺たちの関係をきちんと明確にみんなに知らしめるために、デートに行こうと言っているんだ」

「……もしかして、私と？」

「今の説明を聞いたらそれしかないだろう」

ようやくナディルが私の頬から手を離した。

こ、これはつまり……。

「デ、デートのお誘い……！」

「だからそう言って……いや、もういい……」

ナディルがため息をついたがそれどころではない。

――わ、私、デートなんて初めて……！

正確には、デートが初めてというより、デートのお誘い自体初めてである。

悲しいが、それだけ狙ってきた男性からは袖にされてきたのである。大体借金があることを知られた時点で相手にされなかった。あ、泣きたくなってきた。

その私がデートである。お仕事であるとしても、デートである！

「デート……」

デートという言葉をこうして噛みしめるほど、実は憧れていたのである。

二人で食べさせ合う露店の食事、似合う服を選んでもらったり、最後に花束をもらったり。そしてそのままプロポーズとか！

妄想甚だしいという意見は聞かない。乙女の夢ぐらい自由に見させるべきなのだ。

「場所は人目につくように、上流階級貴族ご用達のレストランだ」

レストラン……。

上流階級貴族が行く、レストラン……。

「私、粗相しないかしら……」

さっきまでデートだと言われて浮かれていたのに、途端に不安になる。なぜなら私は所作に自信がないからだ。残念ながら下級貴族出身。レティシアのような完璧な淑女ではない。

「大丈夫だ」

そんな私を励ますようにナディルが声をかける。

「毎日俺と食事して直してきただろう。問題ない」

確かにここで働くようになってから、朝と夜は必ずナディルと食事をし、カトラリーの持ち方など日々教えられてきた。

どうしてこんなことを、と思っていたが、仮のものだとしても、自分の婚約者が教養なしだと思われるのは我慢ならないと言われたら、従うしかない。

そうか、あの訓練が活かされる機会が来たのだ！

「わかったわ！　私、完璧なテーブルマナーを披露してみせる！」

自信を持って宣言したら、不安そうな顔をされた。どうして？

「だ、大丈夫……私は大丈夫……」

あんなに自信満々だったのに、レストランに着いた途端に自信が消失した私は、自分に言い聞かせるように呟いた。

そんな私をナディルは呆れたように見ている。

でも、仕方ないと思う。だって、どこもかしこも、私のようなにわかではない上流階級貴族が美しい所作で食事をしているのだ。

見た目だけは問題ないと思う。というのも、前のパーティーのときのように、ナディルが全部コーディネートしたからだ。ドレスから小物、靴、そして化粧までナディルが決めた。そしてそのセンスはなかなかいい。おかげ様で、私は見た目だけなら上流階級のご令嬢に見えるはずだ。見た目だけなら。

しかし残念ながら中身が伴っていない。

「わ、私は大丈夫……私は大丈夫……」

再び呪文を唱えるも、大丈夫な気がしない。

「お前……普段は堂々としてるのに、なんでこういうときは、だめなんだ？」

ナディルの無神経な問いかけに、私は彼をキッと睨みつけた。

「ただのコンプレックスですけど!?」

私自身は、元々の生まれは平民の孤児である。運よく貴族の家に養子に入れただけで、結局は庶民なのである。

庶民なのである！

「お前はなんでか自分の生まれを卑下するがな……」

ナディルが一度言葉を止めてからはっきりと言った。

「お前は、きちんとしたご両親に育てられた、貴族のご令嬢だよ」

その言葉に私は目をパチクリと瞬いた。

「そう、ね……」

義両親は私を引き取ったあと、実子と相違ないであろう教育と愛情をかけてくれた。

そうだわ。私、庶民以前にお父様とお母様の娘だった。

途端に落ち着いた私を見て、ナディルは頷いた。

ちょうど料理も運ばれてくる。

「大丈夫だから、しっかり食べろ」

「うん」

落ち着いてナイフとフォークを手にする。音を立てないように、スッとナイフを引く。

途端、肉汁が溢れ、食欲をかき立てる匂いがする。

私、この場でも浮かずに食事ができてる……。

嬉しくなってナディルを見ると、こちらを見て微笑んでいる。

無性に恥ずかしくなって、自分の手元を見ることにした。切った肉を口に運ぶ。

「おいしい！」

「それはよかったな」

公爵家の食事ももちろん上等でおいしいが、外で食べるのはまた違う。私はめったに味わえない極上の料理を噛み締めた。少し気持ちに余裕ができてきた。

そして気づく。

「あの」

「なんだ？」

「あの、斜め左に座っているのはエイベルではないかしら」

「そうだな」

なぜかエイベルが一人で座って食事をしている。さすが侯爵家の人間。所作も美しいが、周りがみな誰かを連れているだけに、一人なのが目立っている。

そしてもう一人目立っているのがいる。

「そのエイベルからさらに左のテーブルに座っているのは、レティシアではないかしら」

「そうだろうな」

私が気づいてナディルが気づいていないはずはない。エイベルは実に微笑ましそうに、そしてレティシアは恨みがましそうにこちらを見ていた。対照的すぎて困る。

「あれ、何？」

「大方、ベンあたりがポロリと漏らしたんだろう。放っておけばいい」

「放っておけばって……」

エイベルはいいけれど、レティシアなんて、射殺さんばかりにこちらを見ているのだけれど。

「大丈夫だ。もう少ししたら……ああ、来た」

言われて入り口を見ると、客が一人入ってきた。上品な足取り、美しい顔、すべてが周りを魅了する。

服装こそ、お忍びスタイルであるが、王太子殿下、その人である。

彼を認識した瞬間レティシアがカタカタと震えだした。しかし、すぐに震えが止(や)んだ。おそらく人目があることに気づいたのだろう。震えを即座に止めるなど、素晴らしい特技である。

王太子殿下はレティシアの向かいの席に座ると、にこりと微笑んだ。

レティシアも微笑み返す。

麗しい王太子殿下と、その妃のお忍びデートシーンの出来上がりである。

しかし、レティシアの手はわずかに震えている。

きっとまたこっそり抜け出してこのレストランに来たに違いない。

私には、王太子殿下の笑顔を見て悲鳴を上げるレティシアの内心がわかる。

でも自業自得なのでどうにもならない。

私は食事に専念することにした。せっかくのおいしい食事だ。味わっておかなければ損である。ナディルもレティシアやエイベルを気にせず食事を続けた。

後日レティシアからそのことを責められたが、私には自分の悪いところがひとつも見つからなかった。

いい加減、脱走するのやめなさいよ。

「なんか今朝めちゃくちゃ怒られたんだけど、どうして？」

ベンが小首を傾げている。

この男……本当にわかっていないのだろうか……。

「ベン、私とナディルがレストラン行く話、レティシアとエイベルに漏らしたでしょう。それで怒っているのよ、ナディルは」

「ええー！　漏らしてないよー！」

ベンが心外だとばかりに否定する。

「へーほーふーん？」

疑わしい目でベンを見るも、ベンは曇りなき眼で見つめ返してくる。

「本当に言ってないんだ？」

「言ってません！」

「じゃあ一昨日、エイベルとレティシアと会話しなかった？」

「したよ？」

やっぱり！

「なんて会話したの？」

「次の日のナディル様のご予定を聞かれた」

「なんて答えたの？」

「レストランに行くって」

「他には？」

「えーっと……アナ姉の予定聞かれた！」

はい、確定。

「そこまでわかれば私たち二人が出かけるのなんて、わかるでしょうが！」

「えー！　わっかんないよ！　俺はわからないもん！」

いい男がもん！って言うな！　もん！って！

「それはあんたがアホなだけだから！　あとでナディルにしっかり謝っておかないと、棄てられても知らないわよ！」

「えー！　いやだあ！　俺ここ出されたら生きていけないー！」

そうだろう。ベンがここ以外で生きていける未来が私にも描けない。

「じゃあレティシア様とエイベル様、レストランに来ちゃったの？」

「ええ、ばっちりお互いの表情がわかる位置にいたわよ」

ベンが頭を抱えた。

「わー！　じゃあ怒ってるよー坊ちゃん！　あんなに楽しみにしてたのにー！」

その言葉に私はピタリと動きを止めた。

「え？　楽しみ？」

私の言葉に、ベンは半べそをかきながら答えた。

「前日にせっせとアナ姉に着せるドレス選んだり、また髪飾り増やしたり、それはもう楽しそうだったよ」

ベンは怒られることしか頭にないようだが、私はそれどころではない。

「た、楽しそうだったの……そう、ふうん、そう……」

思わずにやけてしまう頬を押さえる。

ナディル、そんな素振り一切見せなかったのに、実は私とのお出かけにウキウキしていたのだろうか。

いまいちナディルの気持ちがわからないけれど、嫌な気はしない。

結局抑えきれずににやけてしまった。

「アナ姉気持ち悪い」

「あんたその口縫いつけるわよ」

ひいいと叫び声を上げてベンが逃げていった。

……掃除、一緒にやるはずだったんだけど。

あとでサボったことを報告しようと決めた。

「おかえりなさいナディル！」

いつになく機嫌よく出迎えた私に、ナディルは少しあとずさる。

「何か、企んでるのか……？」

「失礼ね！」

企んでなんていない。ただ単純に機嫌がいいだけだ。

「さあさあ上着を脱いで！」

「あ、ああ」

いつも嫌々仕事をしている私が、積極的に取り組んでいることに驚いているナディルから上着をはぎ取る。

「さ、さ、次は部屋着に着替えるわよ！」

「あ、ああ？」

今度は服を全部脱ぐように促す。この作業も慣れたものだ。結局恥ずかしさを完全に消すのは無理だったので、目を瞑ってボタンを外して脱がして着せられる技術を習得した。

私、自分で思うより器用だったのかも。そういえば、商売用に服を作るのも苦ではないし。

ナディルはなぜか私が恥ずかしがって着せる姿を見たいようだが、それでは効率が悪すぎる。テキパキ着替えさせる技術が向上したのに、不満そうだ。

「こういうのは恥じらう姿がいいのに……わかっていない……わかっていない……」

「何ブツブツ言ってるの？」

小声で何か言っているナディルに訊ねるが、ただ首を振られただけだった。

着替えが終わって、私は意気込んだ。

「じゃ、今日は背中を流してあげるわ！」

「なっ……！」

ナディルが顔を真っ赤に染める。その姿に私はほくそ笑んだ。

「ふふふふ、だって、私とのデート楽しみにしてたんでしょう？　前日からソワソワしてドレス一生懸命選んじゃうぐらいに！」

「なっ！　どうしてそれを……！」

「ベンが言ってた」

「あの駄犬が……！」

やっぱり犬だと思ってたんだ。そうよね、執事っていうより犬よね。しかも賢くないほうの犬よね。

「それだけ楽しみにしてたってことは……」

ナディルがゴクリと唾を飲み込んだ。その瞳は何かを期待するように少し潤んでいる。

大丈夫、私、わかっているわよ！

「初デートだったのね？」

「……は？」

ナディルがポカンとした顔で口を開ける。私はそっとナディルの手を握った。途端ビクリと手が跳ねた。

この反応、やっぱり。

私はすべてわかっているというように、首を振った。

「大丈夫、初めてのデートで、はしゃいじゃったのね？」

「……はぁ？」

ナディルは今度は不快そうに声を上げた。

「それなのに、レティシアやエイベルに邪魔をされてさぞがっかりしてるわよね？」

「……はぁ」

今度は落胆のため息だ。やっぱり！　ショックだったんだわ！

「だから、かわいそうなナディルの背中を流してあげる！　初デートってことは、されたことないわよね？　あ、もちろん私は服を着たままだし、基本目を瞑ってやるけど、男性にとってはロマンなんでしょう？」

「………」

ついにナディルが黙り込んでしまった。

かわいそうに……私自身は初デートに誘われてそれだけで嬉しかったし楽しかったが、きっとナディルはもっとしっかりデートをしたかったのだろう。

「ほら、気落ちしないで！　私も初デートだったから……」

ちょっと残念、と続ける言葉は遮られた。握った手を握り返されたからだ。

「本当か？」

「え？」

「初デートだったというのは本当か？」

「ほ、本当だけど……？」

残念ながら借金持ちの男爵令嬢をデートに誘うほど気概のある男性には出会えなかったので。

ナディルはなぜか私の回答を聞いて固まってしまった。どうして顔が赤いんだろう。お風呂に入る前に逆上せた？

「風呂は」

ナディルが、しっかりと私の手を握りしめる。

「時期的に早いので……」

なんの時期……？

「膝枕をお願いしたい」

あれ、なぜ私はこんなことを？

ナディルの要求通り、膝枕をすることになり、ソファに移動した。私は端のほうに座り、ナディルは全身を横にしている。

もちろんその頭は私の膝の上である。

あれ……？　本当になぜ私はこんなことに……？

ナディルが初デートにウキウキだったと聞いて、初デート仲間であり、ナディルにもそんな可愛い一面があるのね！と思い、そして、それならデートに邪魔者が入って内心残念に思っているのだろうと思い、背中を流してあげる提案をしたのだ。なぜ背中を流すという話になるかというと、この間、エイベルが男のロマンについて語っていたのを思い出したからだ。

ええ、そんな提案をしたあのときの私どうかしてた。

こう、一時のテンションに身を任せてはいけないわよね……。

しみじみとそう痛感する。あの提案が採用されなくてよかった。ナディルがまだ冷静でよかった。お嫁にいけなくなるところだった。

いや、冷静なの……だろうか……？

私の太ももに乗せられたナディルの頭を撫でる。むず痒いのか、身じろぎした。

「あ、あのー……ナディルさん？」

「なんだ」

「これはどういう状況なのでしょうか……」

「膝枕だ」

いや、そうだけど。

そうだけど、聞きたいのはそれじゃない。

「えっと……」

「なんだ？」

「なんでもないです……」

結局口を閉ざすことにした。

太ももに乗る頭は結構重い。私の頭もこのぐらい重いのだろうか。

ずっしりとした重みを感じながら、たまに頭を撫でる。大人しく受け入れられるそれに、猫を膝に乗せている錯覚に陥りそうになる。

でも頭を乗せているのは二十二歳の男だ。

――でも、ちょっと可愛いかも……。

大人しいナディルは貴重だ。しかもたまに掌（てのひら）にすり寄ってくる。

これは、結構可愛い。

いい年した男に対して抱いていい感想かわからないが、可愛い。

撫でていると、ウトウトしてきた。ナディルも舟を漕いでいるように見える。

重力に逆らえなくなった瞼を閉じようとすると、バターンとすごい音を立てて扉が開いた。

「ちょっと二人ともご飯冷めちゃう――」

そこまで言ってベンはようやく私とナディルを視界に入れた。

顔を真っ赤にする。

「お、俺、何も見てません！　二人がいかがわしいことしてるところなんて、まったく見てません！」

「してないわよ、いかがわしいことなんて！」

とんでもない勘違いを始めたベンに否定するも、顔を赤らめたままだ。

しぶしぶナディルが起き上がった。

「うるさい……ベン、お前は邪魔ばかりするな……？」

「ひああ、何か怒ってますー!?」

私にもわかるほど殺気を放つナディルに、ベンは怯えた様子でソファに座る私の肩を摑んで後ろに隠れた。それが火に油を注いだ様子でナディルはベンを余計に睨みつける。

ベリっと、ベンと離された。

ナディルはベンに顔を近づけた。

「ベン、ブリアナに気安く触れるな。これだけは守れ。いいか？」

「ひ、ひゃい！」

頼りない返事だが、一応返事をしたベンにナディルは納得したようだ。

ナディルは今度は私のほうを向いた。

「今度、続きを頼む」

「え、一回こっきりのつもりだったんだけど……」

そう言うと睨まれたので、コクコク頷いておいた。

な、なんで仏心で慰めてあげようとした私が脅されているの⁉

少し元気を取り戻したベンが「あ」と声を出した。

「レティシア様から、坊ちゃんが不埒（ふらち）なことをしたら報告するように言われたんですけど、今回のことお伝えしていいですか？」

「『絶対やめろ』」

綺麗にそろった私とナディルの声に、ベンは怯えたように、「はい」と返事をした。

「女の友情など儚（はかな）いものなのよ」

レティシアに会いに王城を訪問すると、彼女が恨みがましい目でこちらを見てきた。

「え？　何が？」

そんな目をされるいわれはまったくない。

わけがわからなくて聞くも、首を振られた。

「いいの、ええ、そういうものだとわかっているの……」

なぜか悲劇のヒロインのようなレティシアの脇から、侍女のマリアが本を差し出してきた。

「王太子妃様、最近これ読んでるんですよ」

「『友情と恋心』……へえ、友情が壊れる話なのこれ」

「ちょっとそれでナーバスになってるんです」

「マリア！　ちょっと黙ってて！」

手の中にあった本を取り上げられる。恋愛小説を読んでいることがバレたのが恥ずかしかったのか、少し頬を赤らめながら本棚に戻していた。

ところで、確かこの部屋にある本は、すべて王太子殿下が用意したはずなんだけれど、今のも王太子殿下の趣味だろうか。まさか遠回しに、友情より愛情を取れとすり込もうとしているのだろうか。

本のラインナップが気になったが、なぜかレティシアがプリプリしているので、仕方なく本棚から視線を外した。

「ブリっ子は、私より兄様のほうがいいんでしょう⁉」

何？　どうしてそういう話になったの？

「だってだって、あんまり王城に来てくれなくなったし」

「仕事あるんだから仕方ないじゃない」

「でもうちょっと増やしてくれてもいいと思うの！」

「え、えぇー……」

どうして私はなかなか家に帰ってこない夫のような責められ方をしなければいけないのだろうか。

「やっぱり、友情というのは、何より優先するべきなのよ！　そうでしょう？」

「王太子妃様、最近こんなのも読んでいるんですよ」

「『友との距離の測り方』……これ一番初めに、適度な距離感を保ちましょうって書いてあるけど」

「マリア！　こ、これはあくまで参考よ参考！」

全然参考にできてないじゃない。

「違うのよ、違うの……私が何より納得いかないのは……」

レティシアが、私から奪い返した本を握りしめる。力を込めすぎてミシミシいっているけれど大丈夫だろうか。

「兄様に負けた気がすることよ！」

興奮したのか、レティシアはやや乱暴な仕草で本を戻した。

「あの兄様に、負けた気がすることよ！」

わざわざ二回言った。

「なんかいやなのよ……わかるこの気持ち？」

「いや、私兄弟いないし……」

「んうー！　通じないこの感じ！」

レティシアがもどかしそうに手をワキワキするがわからないものはわからない。

そんな私の肩をマリアが叩く。

「ただの嫉妬ってやつなので、放っておいていいですよ」

「マリアー！」

マリアはいつのまにか、自分もマフィンを口にしながら言う。今日のマフィンも実に美味しい。いくつか種類があって、私はこのチョコ味が気に入った。おいしい。

嫉妬というが、そんな嫉妬をされるほど、ナディルと仲良くなっていない。

うん、まあ最近少し優しくされるようになった気もするけれど。ちょっと可愛いと思うときもあるけれど。

膝枕とかしたけれど。

「あー！　ブリっ子が何か思い出して頬を赤らめてるー！　ほらぁ、だから同居なんて反対なのよ！　どうせ口にできないことされてるのよ！　きっとそうよ！」

「人を破廉恥（はれんち）な妄想に巻き込まないでくれる!?」

「妄想なんてしてない！」

「最近、『突然結婚した私、でも旦那様は優しくて』という本を読んでましたよ」

「マリアー！」

その、本にあれこれ影響される癖は治らないのだろうか。

……ところでそれも王太子殿下が選んだのだろうか。

いや、やめよう……。考えたらいけない気がする……。

私は頭を振ってお茶に口をつけた。

「男は狼なのよ！」

「ちなみにその言葉は、この間読んでいた――」

「マリアー！」

うん、気にしたら負けだ。

でも『友との距離の測り方』という本は借りていこうと思う。

そういえば、確認していないことがあった。
「私、商売ってこのまま続けてて大丈夫かしら？」
夕食時にそう切り出した私に、ナディルは目を瞬かせた。
「借金はもうないが……」

私は首を振る。

「そうじゃなくてね、あれはね、もう趣味の一環なの」

元々は、借金返済のために始めたものだったが、やっていて実に楽しかったのだ。

まあ稼ぎはまったく返済に追いつかず、利子しか返せなかったけれど。

「続けたい気持ちはあるけれど、今現在、私はあなたの婚約者となっているでしょう？　あなたがそれを迷惑だと思うのなら、やめるけれど」

正直残念だが、仕方ない。

上流階級の貴族の妻が商売をしているなど聞いたこともない。私はそのあたりははっきりわからないが、妻が商売をするというのは、貴族男性から忌み嫌われる行為なのかもしれない。

「いや、問題ない。好きにすればいい」

私の心配をよそに、ナディルはあっさりと快諾した。

「え？　いいの？」

「ああ、好きにしろ」

「でも、高位貴族の妻が仕事しているなんて聞いたことないけど」

ナディルはフォークを置いた。

「働かなくて済む稼ぎがあるから必要がないというだけだろう。だが、別に妻が働いてはいけないというルールはない」

「……なんか、ナディルが悪く言われたりしない？」

心配して言った私の言葉に、ナディルはにやりと笑った。

「こういうときの、レティシアじゃないか」

こういうときの、レティシア？

首を傾げると、ナディルは説明を始めた。

「これまでお前は客を選ばず商売をしていたが、それを一度やめて、レティシアや貴族メインにしてみるといい。まずはレティシアからだな」

「どうして？」

ナディルはベンに飲み物を持ってくるように指示を出した。

「レティシアはあんなでも王太子妃だ。人望がある。その王太子妃お気に入りの商売人となれば、そこから自然と信頼と、客足につながる」

「確かに……」

「それに、王太子妃お気に入りの娘に文句など付ける人間はそうそういない。だから、お前は安心して商売ができる」

「そうね……」

つまり、レティシア相手に商売するだけで、私としてはすべてうまくいくのである。

「そうね、そう考えるとレティシアの影響ってすごいわね」

「そうだな。あんなでも王太子妃だからな」

「そうね、あんなでも王太子妃だものね」

たとえ脱走癖があろうと、異様に足が速かろうと、王太子妃なのだ、彼女は。

公の場ではしっかり猫を被れる、王太子妃なのだ。

未だにあの切り替えの早さにはついていけない。さっきまで走り回っていたのに、いざ式典となれば優雅に歩みながらみなに手を振っているのだ。

どうすればあんなにスパっと変われるのだろう。

「だから、何か言われるかとか、こちらのことは気にせず、自由にするといい。俺は女を縛りつける趣味はないんだ」

「ナディル……」

やだ、うっかりジーンときた……。

私のことを、借金返済という鎖で縛りつけているということには目を瞑ってあげよう。

正直助かっている部分のほうが多い。大変助かっている。

寝るところもあって、食べ物も高級なものを食べさせてもらって、多少メイドの仕事はするが、重労働でもない。ナディルとデートしたりするのも結構楽しい。

あれ、得ばっかりだわ！

「ナディル、何か私にしてほしいことない？」

「急にどうした……？」

おずおずと言いだした私を、ナディルは不思議そうに見る。

「だって、冷静に考えて、ナディルに得な部分が少なすぎると思うの」

「そんなことか。大丈夫だ。おかげで変な見合いをしなくても済む」

「でも、それでも何かお礼をしたいわ。なんでも言って」

私の言葉にナディルは一瞬動きを止めたが、すぐに深く息をついた。

「大事なことを教えておく」

「うん？」

「男になんでもすると言うと、とんでもないことになるぞ」

「え？」

よく意味がわからない私に、ナディルは続ける。

「世の中には、それを真に受ける人間がいるんだ」

「うん？」

「だから、何されても文句言えなくなるから、今後軽はずみにそういう発言をするのはやめておけ」

どうしよう、よくわからない……。

別に軽はずみでもなんでもなく、ただお礼がしたかっただけなんだけれど。

オロオロしている私を見て、ナディルがハッとした顔をする。

「まさかすでに誰かに言っていないだろうな⁉」

「い、言ってないわ！」

鬼気迫る表情に怖気づきながら、否定する。

「本当だろうな⁉　ベンとかにうっかり言ってないだろうな⁉」

「どうしてピンポイントにベン⁉」

「いや、あいつなら言葉の深さに気づかないアホだろうから大丈夫だと思うが、俺より先にそのセリフを聞いていたら腹立たしいなと……」

「言ってないわ！　ナディルだけよ！」

ナディルが口を押さえた。

「どうかしたの？」

「いや、ちょっと……胸がいっぱいになっただけだ」

「胸？　お腹じゃなくて？」

よくわからないが、ナディルは胸を押さえてため息をついている。

「ねえ、体調悪いわけじゃないわよね？」

「ああ、大丈夫だ。少ししたら落ち着く」

「そうなの？」

それはどういう症状なのだろう。満腹感からくるものなのだろうか。

「ああ、大事なことだから、これだけは約束しろ」

「何？」

「絶対男になんでもしてあげるとか言うな。絶対だぞ」

「わ、わかったわよ」

しっかりと約束させられ、お礼はうやむやになってしまった。

よくわからなかったので、翌日、ベンにも聞いてみたのだが、「俺にそんなことわかると思う？」と言われてあきらめた。

男心はよくわからない。

◇◇◇

お礼というのは、何も本人にどうしてほしいか聞かなければできないものではない。

そう気づいた私は、空いた時間にせっせと「お礼」に取り組んでいる。

できれば、あと一週間ぐらいでできるといいのだけれど……。

最近急に冷え込んできた。まさに冬到来。寒さが本格的になる前に完成させたい。

睡眠時間を削ってせっせと励んでいたのだが、ナディルは目敏（めざと）かった。

「隈（くま）があるが、寝ていないのか？」

「い、いえ、眠っているわよ？」

「でも隈がある」

「最近寒いから、寝つきが悪いのかもしれないわ」

ナディルはあまり納得をした顔をしなかったが、それ以上追求してはこなかった。

よ、よかった……。できれば完成するまで秘密にしたい。

ホッと安堵の息をつく。

その日の夜も、せっせと取り組む。というか、もうほぼできているのだ。今夜で完成するはず。

あともう少し、と手を動かしているところに、コンコン、と扉がノックされた。

「ブリアナ？　入っていいか？」

ナディルである。

夜になって私を訪ねてくる人間など、ナディルしかいない。

「あ、ま、待って……！」

私は慌てて、それを枕の下に隠した。

「ど、どうぞ」

しっかり隠れているのを確認しながら、ナディルに声をかける。扉を開けてナディルが入ってきた。

「調子が悪そうだったから様子を見に来たんだ」

「悪くなんてないわよ？」

「嘘つけ、眠れていないだろう」

そう言いながら、目の下を撫でられて、ビクッとする。きゅ、急に触ってこないでよ！

ワタワタしながら言い訳を探すも、本気で心配している様子のナディルに罪悪感が芽生えた。

……お礼しようと考えて、心配させてたら、意味ないわよね……。

私は枕の下に隠していたほぼ完成しているそれを引っ張り出して、ナディルに渡した。

「これは？」

「マフラー」

これから寒くなるからと思って、作っていたのだ。社交や仕事場では当然使えないだろうが、たまに街に出るときや、庭に出るときにならきっと使ってもらえると思って作ってみた。

編み物は得意だと自負しているので、変な仕上がりにはなっていないはず。

「……誰かにあげるのか？」

ナディルが手を震わせている。なんだろう。どこか笑うほどおかしなところがあったかな。

「ナディルにだけど」

本当は、もっと驚かせる形で渡したかったが仕方ない。

「日ごろの感謝を込めて作ってみたの。手作りだから、高級品には負けるけど、まあまあうまくできたでしょう？」

だから褒めろと思って見ると、ナディルはマフラーを持ったまま固まっている。

「お、俺に……？」

「この間、なんでもしてあげるっていうのは断られちゃったから、じゃあ手作りの物でも渡そうかなと思って……気に入らなかった？」

自分ではよくできたと思ったけれど、やっぱり高級品に囲まれたナディルには粗末に見えるのかもしれない。

不安になる私に、ナディルは声を張り上げた。

「そんなことはない！　よくできている！」

ほっとして息をついた。

「その、ありがとう……」

ナディルが照れた表情で言う。よかった。喜んでもらえたみたい。

「あ、あとね」

私はベッドの下から箱を出した。

「はい、残り」

「……残り？」

ナディルは箱を受け取る。

「うん、開けてみて！」

笑顔で言うと、ナディルは言われた通りに、箱を開けた。

「これは……」

ナディルの驚いた顔を見て、私は嬉しくなった。

「うふふふ、マフラーだけじゃないのよ！　手袋と、寝るとき寒くないように、靴下と腹巻も作ったの。最近冷えるでしょう？」

「靴下と……腹巻……」

「義父母は年だし、冬の寒さはこたえるっていうから、よく作ってあげてたのよ！　なかなか上手にできてるでしょう？」

「あ、ああ……」

よかった！　頑張って作った甲斐があったわ。

「義父母と同じ扱い……いや、家族の枠組みに入れてもらえたと考えれば……」

ナディルが何か小声で言っている。なんだろう。

でも喜んでもらえたから、今度はセーターでも作ろうかしら。それとも、毛糸のパンツ？

義父母は喜んでいたけれど、どうかしら。

うんうん考えている私には、ナディルの深いため息はまったく耳に入らなかった。

気づけばもうこの屋敷に住んで半年が経過していた。

夕食の配膳をしながら過ぎ去っていった日々に思いを馳せる。若い娘の半年は貴重なものなのである。

ふう、と息をつきながら席に着く。食事は一緒にとることとナディルに義務づけられているからだ。

「どうしたの、ブリアナ嬢。浮かない顔だね？」

そんな私に目敏く気付いて言うのはナディルの友を自称するエイベルだ。ちなみになぜ自称なのかというと、未だにナディルからは友人だと言われていないからだ。かわいそうに。

エイベルの垂れ目を見ながら私はまたため息をついた。

「ホームシックです」

私の言葉に、ナディルとエイベル、そして後ろに控えるベンが顔を見合わせた。

「お前はホームシックになるなんてキャラじゃないだろう？」

おいこらどういう意味だそれ。

発言したのはナディルだが、後ろの二人もうんうん頷くので、三人の意見と考えていいだろう。

「ホームシックです」

私は敢えてナディルの言葉を無視するように、繰り返した。

「大勢の前で自分が処女だと言い張る女性にそんな繊細さはないと思うんだけど」

「人のおねしょで爆笑する人がホームシックとか」

エイベルとベンが、私がホームシックなどになるはずないと頑なに言ってくる。二人の中の私はどうなっているのだ。確かに処女と言ったけれど、言う必要がないなら言わない。私は痴女ではない。あとおねしょの話は昔のことすぎて無効だと思う。

「ホームシックです」

二人を無視して再び言うと、ナディルは逡巡する。

「ホームシックです」

あとひと押しだと思い、もう一度言うと、ナディルは両手を上げて降参のポーズを取った。

「わかった。一度家に帰るといい」

「やったー！　ありがとうナディル！」

感激して笑顔で礼を述べるとナディルに顔を背けられた。精一杯の感謝の意に対して失礼である。

ホームシックというのは嘘ではない。本当になっている。義両親とこんなに長い間離れたのは初めてなのだ。家に帰りたくてたまらない。

なので帰る許可が出てとても嬉しいのに、心の底から喜べない。

「お前の実家、田舎なんだな」

なんでついてくる？

私の久々の帰郷に、なぜかナディルも同行していた。なぜだか本当にわからない。

「あの……私一人で帰りたいんだけど……」

「今さら遅い」

ごもっとも。

もう馬車は、実家まであと一時間の距離まで来ている。今さら目的地に寄らずに帰るなど、非効率的だ。

「うちに来ても何もないわよ?」

「大丈夫だ。期待していない」

それはそれでムカつくんだけど……。

確かに何もないけれど。でも、人のよい両親が大事にしている家なのよ!

私はムッスーと頬を膨らませる。失礼な男!

私の様子に気づいたナディルが、お菓子を差し出してきた。

「王都で流行(はや)っているらしい。ほら、食え」

故郷を田舎呼ばわりするこいつからなどもらってやるかと思うも、さすが王都の流行り。ナディルが差し出したのはカップケーキだけれど、上が砂糖菓子でできているのだろうか。色鮮やかにデコレーションされており、それがまた目でも楽しませてくれる。とてもいい匂いがして、抗(あらが)えず、ナディルの手にあるそれを受け取り、口に入れた。

「おいしい!」

自分で言うのもなんだが、食べ物で機嫌を直すなど、現金な女である。

もにょもにょ味を堪能(たんのう)していると、ナディルがもうひとつ差し出してきた。拒否するわけもなく、それを口に運ぶ。おいしい。すごくおいしい！

余ったら義両親にも食べさせてあげようと思いながら咀嚼(そしゃく)する私は、そのときのナディルの表情などまったく見ていなかった。

久々の我が家だ。

「ただいまぁー！　お父様お母様！」

元気よく扉を開ける。手紙で事前に知らせていたので、義父母はすぐに玄関に駆けつけてくれた。

「おかえりなさい、ブリアナ」

温かく迎え入れてくれる義母の胸に飛び込む。遅れてきた義父はそれをにこやかに眺めていた。

「ナディル様も、ようこそおいでくださいました」

「急に来て申し訳ない」

「いえいえ、何から何までしていただいて、感謝しております」

義父の顔は、以前よりふっくらしている。以前は三食きちんと食べる余裕もなかったが、今はナディルが借金を肩代わりしてくれたので、ゆとりができたのだろう。

義母も、以前より少し肉づきがよくなった手で私を撫でると、家の中へ促してくれた。

居間に着くと、メイドがお茶を淹れてくれた。

「メイドの手配までしていただいて、ありがとうございます」

「護衛の方まで……」

さすが元公爵家のメイド。私が淹れるのとは桁違いのお茶に舌鼓を打つ。

……ところで護衛って何？

メイドは聞いていたけれどそれは初耳だ。

「おたくの大事なお嬢様をいただくのですから当たり前のことですよ。今後もこちらで手配させていただきますが、お気になさらず」

ナディルがよそゆきの笑顔を張りつけながら言うと、義父母は感謝を述べた。こいつ、私にはこんな爽やかな笑顔しないくせに……。

「それで、泊まっていただくお部屋なんですが……」

義母がおっとりとした仕草で頬に手を当てた。

「ブリアナと同じ部屋でとのことでしたが、よろしかったでしょうか？」

「どういうことよ！」

懐かしの自室で私はナディルに詰め寄った。部屋は私がいたころとほぼ変わらないが、ひとつだけ変わっている。

ベッドが大きくなってる。

義父母あからさまするぎだよ！

私に対して「夢の玉の輿ねブリアナ」「いい人だから逃がさないようになー」と言って去っていった義父母に、開いた口が塞がらなかった。

「両親に私のこと本当の婚約者だって話してるでしょう⁉」

でなければ話がおかしい。義父母は私がナディルと本当に結婚すると思っている。憤慨する私にナディルは部屋でくつろぎながらあっさり言う。

「当たり前だろう」

というか、そのベッドの上で堂々とくつろげるってどういう神経してるの⁉

「なんでよ！　誤解を解いてきてよ！」

「誤解されて困ることないだろう」

「現在進行形で困っているわよ！」

おかげでベッドがひとつしかないもの！

「どこからどう話が漏れるかわからないんだ。騙すなら全部騙す」

「思考回路が悪党そのもの……」

似たようなことを、この間読んだサスペンス小説で犯人が言っていたわよ。

「あ、あと護衛って何？」

「護衛は護衛だ。お前は俺の婚約者ということになっている。公爵家子息の婚約者だぞ。危険は増えるし、実家に対して何かされるかもしれない」

言われてなるほど、と納得する。

「確かにそうね。疑って悪かったわ」

「疑うってなんだ」

「いや、監視役でも置いてるのかなって……」

「お前の中の俺はなんなんだ……」

はあ、とため息をついて、ナディルはベッドから起き上がった。

「まあ、そういうわけで、今夜は俺もここに泊まるぞ」

「……帰っていただくわけには」

「却下」

「ですよね」

期待を込めたひと言を即座に否定され、部屋に備えてある椅子に座った。

「……一緒に寝ても何もしない？」

「しない」

「本当の本当の本当に？」

「本当の本当の本当だ」

肯定されて安心しているはずなのに、イラッとするのはなんでだろう。

「まあ、そうよね。私なんかに食指動かないわよね！」

ムッとした感情を隠しながら言うと、ナディルが深いため息をついた。

ため息つきたいのはこっちだわ！

「ところで」

ベッドの上でくつろいだままのナディルが口を開く。

「今日は初の同衾（どうきん）だな」

「は⁉」

ど、同衾⁉

驚いて椅子から落ちてしまった。ナディルは呆れた顔をしながら立ち上がり、私を抱き起こした。ありがとうと礼を言う前に、横抱きにされる。

そしてそのままベッドに降ろされた。

人生初のお姫様抱っこに感動する前に、ベッドに降ろされ、そしてナディルもベッドに入ってきたことで私の脳内は混乱を極めた。

「え、え、え？」

言葉にならない言葉を口にする私に、ナディルは笑う。思ったよりも近い位置にある顔に不覚にもどきりと心臓が鳴った。

「もう風呂にも入ったし、あとは寝るだけだろう。おやすみ」

「あ、え……あ……おやすみ……？」

思わずおやすみと返すと、ナディルは私に毛布をかけてくれた。暖かい。そしてナディルも潜り込む。眠る気なのだろう。

「……いやそうじゃなくて！」

「ちっ、正気に戻ったか」

流されそうになったがそうはいかない。同衾など断固拒否である！

「わ、私ソファで寝るから！」

「女がそんなところで寝るものじゃない」

う、うぅ……女扱いされて嬉しいとか思うんじゃない私！

「じゃ、じゃあナディルがソファで眠ってくれたらいいじゃない！」

「こんな大きなベッドがあるのになぜソファにいかなければならないんだ」

ナディルは動く気配がない。

なぜって……なぜって！

「私とあんたがいい歳の男女だからよ！」

顔を赤くする私を見て、ナディルはにやにやとする。

「つまり、お前は俺を男として意識しているということか？」

「せ、生物学上は男でしょう！」

私は間違っていない。間違っていないはずだ。

結婚していない男女が同じベッドに入るなど、言語道断である。

「ソ、ソファで休むのがだめなら、私、今日は客間に……」

「婚約者を放って客間で眠るなんていったら、ケンカしたのかと心配されるぞ」

「うぅ……」

確かにそうだろう。わざわざナディルに言われて同室にして、ベッドも大きなのを用意したのに、客間に寝たいと娘が言いだしたら心配されるに決まっている。両親の中ではナディルは借金を肩代わりしてくれたいい婚約者なのだ。

「……何も、しないでよね」

「何もって？」

うぅぅぅぅ、からかわれてる！

ナディルの問いには答えず、背を向ける。背後でクスクス笑う声が聞こえた。

くそう、人をおちょくって！

「おやすみ！」

「おやすみ」

眠れるはずがない。

背後にナディルの気配を感じながら、私はしっかり目を開けていた。

まったく眠れない。目が冴え渡っている。

それもそのはずである。だって隣に男が眠っているのだ。これでどう眠れと言うのだ。

――ナディルは寝ているんだろうか。

気になって寝返りを打つフリをしてナディルのほうを向く。

「ひえ！」

起きていたしバッチリ目が合ってしまった。

「どうした？」

ナディルが問いかけてきたが、まさかあなたが気になりすぎて眠れませんなどと言えるはずがない。

「い、いや、なんでも……」

「眠れないのか？」

言いながらナディルが近づいてきた。ただでさえ近かった距離がさらに近づいて、心臓がどくどくと脈打つ。

私の目の前にはナディルの端整な顔がある。

私の吐息さえ感じられてしまいそうな距離に、心臓が静まらない。

動かない私にどう思ったのか、ナディルは私の背に腕を回し、体を密着させた。

ひゃああああああああ！

悲鳴はなんとか飲み込んだが、全身が熱い。

「寒いのか？」

「あ、あの……」

「ん？」

ベッドに入る前のからかう様子はもう見られず、じっとこちらを見て、私の言葉を待っている。

「な、なんでもないです……」

顔を赤くしながら、私はそれしか言えなかった。

「そうか」

そう言ってナディルは私の頭を少し持ち上げると、自分の腕を差し込んだ。

こ、これは腕枕という、やつでは……？

自分には一生行われないかもしれないと思っていた行為に、心臓の高鳴りが静まらない。

正直に言おう、とても憧れていた。夢見たシチュエーションとは違うが、あの憧れの腕枕である。しかもそれをしてくれているのは、見た目は自分好みの男である。

感想としては、想像よりごつごつしている。しかし、妙な安心感を感じ、思わず、ほう、と息をついた。

ナディルはそのまま私の頭を撫でる。

「眠れそうか？」

「ん……」

温かいナディルの体温を感じながら、私はうつらうつらとしてきた。

ふわりとナディルが微笑んだ雰囲気を感じ、思わず私もにへらと力なく笑ってしまった。

眠りに落ちる瞬間、額に柔らかい感触を感じた気がした。

◇◇◇

爆睡してしまった。

あの状態から爆睡した自分が信じられないし、何より未だに腕枕してもらっている状況をどうしたらいいのかわからない。

これ、腕しびれないんだろうか。大丈夫だろうか。

心配になりながら、ナディルを起こさないように退こうと思ったが、その前にナディルがパチリと目を開けてしまった。

「あ、あの……」

きっと今私の顔は真っ赤だろう。夜はわからなかったかもしれないが、今は朝だ。はっきり顔色もわかるに決まっている。

「……もう起きるのか？」

問われて、頷く。ナディルはそんな私を見ながら片手でぎゅうっと抱きしめてきた。

「あと少し……」

く、口から心臓出そう……！

「ナ、ナディル！」

耐えきれずに声を出すと、ナディルはしぶしぶ腕を緩め、私を見た。

「苦しかったか？」

「い、いや、そうじゃなくて……」

心配そうに顔を覗き込んでくるナディルに胸の鼓動はさらに速まる。朝から目に毒な顔をしないで！

「し、死にそう……」

胸を押さえながらそう言う私にナディルは飛び起きた。その際外れた腕枕を少し残念に思ってしまった。

「具合が悪いのか!?」

本気で心配している様子のナディルに、また胸がときめいた。

「ち、違くて……は、恥ずかしくて……」

自分でも信じられないぐらい顔が赤くなっているだろう。私のその様子にナディルはほっと息をつく。

そして笑った。にやりと。

「俺が近くにいると、恥ずかしくなるのか？」

こ、こいつ……！　夜は紳士的だったのに……！

「……そうよ！　だから離して！」

私の返事に満足した様子で、ナディルは私を離した。

――朝から、とても疲れた……。

ぐったりしている私と対照的に、ナディルはすっきりした様子で立ち上がる。そして、言った。

「着替え、頼むぞ」

今日だけは勘弁してほしい。

私のそんな願いは、あっけなく却下された。

「本当に何もないんだな」
「じゃあ帰ったらいいんじゃないの」
羞恥心を殺し、必死でナディルを着替えさせ、朝ご飯を食べた。
くたびれたので、部屋で過ごしていたのだが、部屋にいてもすることがないとナディルが騒ぎだしたので、家の周りを散歩することにした。

何もないと言うが、まったくないわけじゃない。ただ、うちの領地のメイン産業が農産業だから、自然が多いのだ。農産業でも十分収益が出ている。そんな状態でも切羽詰まったのは借金のせいだ。それがなければ小金持ちぐらいだった。

家の裏にある山の少し開けたところに着く。椅子もあるので、多少はのんびりできるだろうと思い案内した。

「ここは?」

「私の小さいころの遊び場。義父母が作ってくれたの」

木に吊るされたブランコ。砂場。小さな池。滑り台。義父母は私が飽きないようにとここを作ってくれた。懐かしい気持ちで、ブランコに腰をかける。

「おい、壊れるぞ」

「失礼ね、そこまで重くないわよ!」

と言うものの、確かにブランコは劣化していてもおかしくないので、漕ぐのはやめた。

「私、遊具ならブランコが一番好きだったのよね」

以前はてっぺん近くまで漕いで、ジャンプしたものだ。今はできない。大怪我のリスクのほうが高い。

ナディルは遊具と私を見比べて言った。

「お前今滑り台するのはやめておけよ」

「なんで？」

「尻がつっかえる」

「失礼ね！」

確かに子供用だが、私のお尻はそこまで大きくない！

「ふん！　見てなさいよ！　華麗に滑ってみせるから！」

「あ、馬鹿！」

ナディルの制止を振りきって、滑り台へ駆けのぼる。子供のころはとても高く見えたのに、今登ってみれば大したことない。

ナディルは滑り台の下で呆れた顔をしている。

何よ！　滑れるわよ！

滑り台から滑るために腰を下ろす。多少窮屈だが、大丈夫だ。問題ない。私がそのまま手を離すと、するすると滑っていく。

ほら、大丈夫じゃない！

勝ち誇った顔をナディルに見せる。ナディルは未だに呆れた顔をしている。

するすると滑る滑り台。大人になってもなかなか楽しい。

童心に戻っていると、するすると滑っていたのが、ずるずるに変わっていった。

あ、あれ……？

嫌な予感に顔を青ざめさせても遅い。滑り台の真ん中で動きはぴったりと止まった。

「…………」

「…………」

ナディルと顔を見合わせた。

「言わんこっちゃない……」

「うっ……」

反論の余地もない。

もぞもぞ動くも、うまく嵌(はま)ってしまったようで、抜けない。

「ナ、ナディル……」

「なんだ？」

「抜けないの……」

「……馬鹿なのか？」

そうよ！　馬鹿なのよ！

泣きそうになりながらナディルを見下ろす。こんな状況でなければナディルを見下ろすという貴重な状況を楽しんでいたはずなのに……。

「お願い、助けて……」

「本当にお前は……」

相変わらず呆れた顔をしながらもナディルが手を差し出してくれた。その手を握ると、一気に引っ張り上げられる。

「わ、わ！」

そのまま勢いで下に落ちていく。下は砂場になっているが、それでも痛いものは痛い。

「うっ、痛……」

「どこか打ったか？」

お腹の上に乗った私の声に反応して、ナディルが顔を上げた。

が、すぐに固まった。

「ナディル？」

「スカート……」

「え？」

スカート？

ハッとして自分の下半身を見る。見事にスカートが捲(めく)れ上がっているし、膝を立てる形で座ってしまっている。

つまり、ナディルから丸見えなのである。

何がって……スカートの中身が。

「きゃー！」

慌ててスカートを直して足を閉じる。うう、嫁入り前なのにぃ！

「ううぅ……お嫁にいけない……」

「……嫁にはいけるだろ」

「……？」

よくわからなくて首を傾げるとナディルが顔を背けた。あれ、なんだろう、こんなこと前にもあったような……。

『いけなかったらもらってやる』

「あ、あー！」

いきなり叫んだ私にナディルがビクリと体を震わせた。

「あ、あ、あ」

なんてこと！

「私、初恋の子にもパンツ見られてるー！」

うわーん！と私の泣き声が響いた。

「パンツのひとつやふたつどうってことないと思うぞ」

「………」

「見せたくなくても見られることはあるだろう」

「…………」

ナディルの慰めなのかなんなのかわからない言葉を聞きながら鼻をすする。

「う、う、う……私の美しい初恋が終わったぁ……」

「そんな何年も前のことで泣くなよ」

「ううう……きっとあの子の記憶では私は痴女なんだぁ……」

「子供が子供パンツ見てそんなこと思うか」

「ひどいぃ……可愛いくまちゃんパンツ穿いてたもん……」

「子供パンツだろうが」

子供パンツでもパンツだもん……。

グシグシ泣く私をどうしたらいいのかわからないナディルは、落ち着かない様子で部屋を歩き回っている。

ふう、と息を吐いて、ふいに歩くのをやめたナディルは、私が頭から被っている毛布をはぎ取った。

「きゃー！　返してよ！」

「断る」

「横暴よー！」

なんとか取り返そうと毛布を引っ張るも、力では敵わずナディルに近づくだけの結果に終わった。

「うぅ……泣いた不細工な顔見ないでよう……」

「何度も見てる」

「そこは嘘でも可愛いって言うところでしょうが……」

ずびっと鼻をナディルの服にこすりつける。ふん、不快な思いをするがいい！

「ちょっと傷心しているだけよ……美しい思い出がとんでもない破廉恥な思い出だったのに気付いただけだから……」

まだお気に入りのくまちゃんパンツを穿いていたのでよかったと思うべきなのだ。

でも涙は止まらない。乙女心は複雑なのだ。

「どんなパンツでもいいだろう」

「うぅ……見られたことが問題なのぉ」

お嫁にいけない……とメソメソする私の頭をナディルが撫でる。ナディルはいつのまにかベッドに腰かけていた。

「だから……」

ナディルはそこで言い淀んだ。何度か口を動かすと意を決したようにこちらを真っすぐ見てくる。うっ、やめてよ、あんた顔だけはいいんだから！

不覚にもときめいた心を隠すように心臓の付近に手を当ててナディルの言葉を待つ。ごくり、と唾を飲む音が聞こえた。

「いけなかったらもらってやる」

「……何？」

「……昔そう言った」

むかし……昔……。

ナディルは頬を赤らめ、でもこちらから視線をそらさない。それは誰かの姿と重なる。

誰だっけ？

「え？」

そうだ、あれは、あの子もこんな表情で……。

そういえば、髪の色も、こんなで……。

「え？」

目の色もこんなで恥ずかしさで少し潤んでて……。

「え？」

驚きで涙は引っ込んだ。

初恋の君がこんな近くにいるだなんて聞いてない！

◇◇◇

「あ、あ……？　ちょ、ちょっと待って……？」

言われたことが衝撃すぎて混乱して頭が働かない。

待って。ナディルが思い出のあの子だとして……？

今まで、何、言ったっけ……？

私、何言った……？

あれ、私もしかして言っちゃった……？

ほ、本人に「あなたが私の初恋です」宣言しちゃった⁉

「はわわわわわ！」

「落ち着け落ち着け、ヒッヒッフー」

「それ出産時！」

私の背中を摩りながらナディルが呼吸法を教えてきたがそれが必要なのは別のときだ！

「い、いつから⁉　いつから知ってたの⁉」

「いつからって……」

ナディルはもにょもにょと口を動かし口ごもったが、しぶしぶポツリと漏らした。

「足を……見たときだ……」

足？

「それってどれ？　足なんてさっき以外で見せたっけ？」

「お前が自分から見せてきた」

「そんな破廉恥なことしてない！」

「実際、既成事実作るってのしかかってきただろうが！」

のしかかって……？　あ……？

「レティシアが逃げたときの……？」

「そうだ」

随分前、王太子の婚約者のレティシアが逃げたのどかな村に、ナディルと一緒に行ったとき。レティシアから「兄に婚約者はいない」と聞いて、とても都合がいいと思い、既成事実を作ろうとした。

確かにしたけれど、最後までしようとはもちろん思っていなかったし、何より——。

「あれはあんたが上に乗っている私を突き飛ばしたから捲れたんであって、私からは見せてない！」

「その前の行動が十分痴女だろうが！」

「失礼な！　貞操は守るつもりだったわよ！」

でも確かにあのころからたまにナディルが「昔は」と言いだしたような気がする。

「で、でもそれにしては私のアプローチに対して冷たくなかった？」

昔会って遊んだことをそのときに思い出してくれたんだったら、私が会いに行ったときに「やあ、久しぶりだね！」と爽やかに言ってくれてもいいはずである。なのに現実は帰れ帰れ言われたし、家に行ったら追い出された。

「あれはまだ準備ができていないのにお前が迫ってくるからだ」

「準備？」

なんで私と仲良くするのに準備がいるのだろう。首を傾げた私を見てナディルは呆れたように息をついた。

「お前の家の事情を調べ、借金している相手を調べ、その他交友関係に問題がないか、多方面に渡って調べる必要があったんだ」

え、上流階級の貴族ってちょっとした友達付き合いでもそんなの調べるの？

恐ろしい、ガチ貴族……。

「借金もどうにかできることが判明して、他も問題ないことがわかったから、堂々と迎えに行った」

「いや、呼び出されたんだけど」

「言葉の綾だ」

正確には私が迎えに行かされた。

「ねえ、なんで足で私がわかったわけ？　数年経っているからすっかり変わっているでしょう？」

「変わっていない部分もある」

「え、私自分では結構変わったと思うんだけど」

「ああ、変わりすぎて初めはわからなかった。あんな男勝りで女に見えなかった子供がこんなバカでかい胸持ってるとは想像しなかった」

「悪かったわね！」

私だってこうなるとは思っていなかったわよ！　理想を言えば儚い系の美少女になる予定だったの！

「でも唯一変わらなかったのが……」

「変わらなかったのは？」

もしかして中身だとかちょっと嬉しいことを言われたりするのだろうかと期待しながらナディルを見る。ナディルは視線をそらさずに言った。

「太ももの三つ並んだほくろだな」

「最低ー！」

◇◇◇

「ひと目見ただけでわかっただとか、そういうの期待していたのに……」

ショックでベッドの上で蹲る私を、ナディルは撫でている。

「そんな非現実的なことあるか。そんな都合よくいくなら世の中すべてハッピーエンドだ」

撫でる手は優しいのにかける言葉は優しくない。

「そうだけど、女の子は夢を見るものなの！」

「女は面倒くさいな」

「あんたのダメなところはそういうところよ」

そうか、と言いながらナディルはまだ私を撫でている。話すことはダメなところばっかりだけれどナディルのこういうところは評価してあげてもいいと思っている。

「ところで、夢見る女なお前に朗報だ」

「ろうほう……？」

「俺は王子に近い存在になったぞ」

胸を張りながら言うナディルに、私は、はあ、と気の抜けた返事をした。しかしそれが気に入らなかったらしい。ナディルはもう一度言った。

「俺は王子に近い存在になったぞ」

「そ、そうね？」

「残念ながら、我が国の王族は世襲制だ。王家を乗っ取ってやるという手もないわけではなかったが、失敗のリスクがでかいし、民に不満がない今、反感を買うだけになる恐れがある」

なんか物騒なことを言い始めた。

確かに今は民から王家への不満はあまりない。その状況で乗っ取ったら、国民からは不評だろう。

というか、国民の不満が高まっていたら乗っ取ってたの？　国王になる気だったの？

恐ろしい男だと震え上がる私を、ナディルは変わらず撫でている。

「なので、手っ取り早く、王家に連なる存在になることにした。レティシアに子供ができればそれは次期国王で、俺は王の伯父になる」

「そ、そうね？」

王家の次に権威があると言っても過言ではないだろう。

しかし、なぜナディルはそんなに王子にこだわる？

不思議に思って考え始めて、ある事実にたどり着いた。いや、でもそんなことないと思うけど……。

「私が、王子様と結婚するって言ったから？」

「…………」

「む、無言は肯定と取るわよ！」

「…………好きにすればいい」

それは肯定の意だ。

う、嘘でしょう……。

十二年前にたった一度会ったきりの少女から言われたことを覚えていて、それのために権力に執着したっていうの？

それって、つまり。

「わ、私のこと好きだったの？」

「…………」

「む、無言は肯定と取るわよ！」

「……好きだったんじゃない」

ナディルは先ほどとは違い、今度は否定した。

違うのか、とがっかりして、なぜか涙が出そうになった。いや、なぜかなんて本当はわかっている。

肯定されたかっただなんて、私は未だに変わらず物語のハッピーエンドを夢見ている。

じわり、と滲んだ涙をナディルが拭う。

「今も、好きだ」

はっきりと言いきって、ナディルはこちらを窺っている。いつも大人びたナディルが不安そうにしている。

好きって言われた？　本当に？

自分に都合のいい夢を見ているのかと思ったけれど、目尻を撫でる手のぬくもりは、これが現実だと物語っている。

「わ」

声が上ずった。

「私なんて、借金持ちで……」

「もう返した」

「い、家も大したことないし……」

「我が公爵家は恋愛結婚至上主義だと言ったはずだ」

「わ、私、可愛くないし……」

「俺には可愛い」

なんだこの男。今までそんなこと言わなかったじゃないか。

「わ、私、可愛い？」

「可愛い」

うっかり言った言葉に、優しい声が返ってきた。

ああ、もう本当に。

私の馬鹿。

「わ、私も好き」

こんなの絆(ほだ)されるに決まっている。

私の答えに、ナディルは嬉しそうに微笑んだ。

◇◇◇

「なんで、どうして、兄様の何がいいの？」

友人であり婚約者の妹は控室に来ると真っ先にそう言った。

「結婚式当日にそれ言う……？」

「いやだって私には兄様のよさは欠片ほどもわからないんだけど」

大体やり方が気にくわない、とレティシアはギリギリとハンカチを噛んでいた。

「ブリっ子、兄様のところで住み込みでメイドしてたじゃない？　それ絶対ぜーったい自分を男として意識させるために違いないわよ！　どうせあれでしょ？　着替え手伝わされたり入浴手伝わされたりしたんでしょう？」

「入浴まではしてない！」

「着替えの手伝いかー」

しまった。誘導された。

「あの兄様が、自分の利益になること大好きなあの兄様が、婚約者作らない時点でおかしいとは思ってたのよね。人には政略結婚させるくせに。人には政略結婚させるくせに」

根に持っている。二回も言うほど根に持っている。

控室の重厚な扉が動いた。こういうときに現れる人間など限られている。本日のもう一人の主役、新郎である。

「結果的には恋愛結婚だからいいだろうが」

「式前に花嫁を見ると逃げられるらしいわよ」

「勝手に変な迷信作るな」

ナディルはいつもと違い、白のタキシード姿だ。髪も撫でつけ、普段より気合の入った格好をしている。それもそうだ。今日の主役なんだから。

「一応あれは、お前が王太子殿下のこと好きになったから進めたんだぞ」

「でもそのあとがひどかった！」

「お前が父上に甘やかされて何もできなかったからだろうが！　お前、あのままじゃかなり早い段階で婚約破棄されていたぞ」

「なんにもできなくない！　木に登れた！」

「木登りする王太子妃がどこにいる！」

「現在進行形でここにいる！」

なんだかんだ仲良いわよね。

「メイドさせていたのも、そういうのだけが目的じゃない。うちの状況を内部から見て知ってもらって、あまり苦労しないで女主人となれるようにするためだ」

「なんで妹にはその優しさ出さないの？　あとそういうのだけじゃって言っている時点で意識させようとしたことバレバレだからね」

「惚れた女と妹なら態度が違って当たり前だろう」

「あーあーあー！　兄の惚気(のろけ)ほど聞きたくないことはない！　じゃあねブリっ子！　またあとで！」

レティシアは言いたいことだけ言うと去っていった。嵐みたいな女だ。あれでも表に出るとしっかりと上品な王太子妃に変わるのだから驚きだ。

そういうところ、やっぱり兄妹よねえ、と思いながら、座っていた椅子から立ち上がる。

「ねえ、私に惚れてるの？」

「前からずっとな」

さらりとそういうことを言うのだから私はたまったものではない。真っ赤になった私を楽しそうに見ながら、ナディルは笑う。

「私、役に立つ公爵夫人になれるかしら」

「役に立たなくてもいい」

でも、とナディルは続ける。

「お前の次期男爵家当主として身につけた知識を活かして隣で一緒に歩いてくれるとありがたいな」

「まかせてよ！」

どうせなら、支え合える関係のほうがいい。

コンコン、と扉を叩かれる。時間だ。

「では、お手をどうぞ、花嫁さん」

「ええ、行きましょう、花婿さん」

差し出された手を取って、一緒に歩き出す。

借金持ちになったり、いろいろあったけれど、でもきっとどれも無駄じゃない。それも全部含めて幸せな人生だったと言ってみせる。

あなたの隣でね。

ノベルス版　番外編　義妹襲来

「やっほー来ちゃった！」

「帰っていいわよ」

思わず閉めようとした扉に足を挟まれ、閉めることはできなかった。

「来ちゃったじゃないわよ、そんなお気軽な身分でもないでしょう、王太子妃様」

「実家に帰ってきただけよ！」

そう言われては強く出られない。

私はしぶしぶ扉を開けた。

「えへへへありがとう。いやあ抜け出すの大変で疲れた」

「やっぱりまた抜け出してきたわけ？」

我が物顔でソファに座るこの女は、少し前まで確かにこのソファを使っていた人間だ。

王太子妃レティシア。我が夫の妹である。

少々破天荒（はてんこう）な性格をしており、たまに王城を抜け出したりするが、仕事をしっかりこなし、外面（そとづら）は最高にいい女性である。

しかし、気心の知れた人間には本性丸出しである。

「また木を登って壁を越えたんじゃないでしょうね」

「今日は違うわよ。壁に投げ縄してそれをよじ登ったの」

どこにそんなことをする王太子妃がいるのだ。ってここにいたわ！

日に日に脱走技術を向上させる王太子妃を追いかける兵士たちの苦労が偲ばれる……。

「レティシア、せめて連絡をしろ」

ナディルはレティシアの襲来にも慣れきった様子でレティシアの対面に位置するソファに腰かけた。私も隣に座る。

「連絡……一回のろしっていうのをやってみたいんだけど、それでいい？」

「いいわけあるか！」

そんなのされても通じるはずがない。

「だめかあー。……それなら暗号やってみてもいい？」

「普通に連絡しろ。ベンがパニックになる」

一度レティシアから何も書かれていない手紙が来て、ベンが大パニックになったのを思い出した。結局火で炙れば字が出てくる仕組みだった。

あれはやめてほしい。

私もナディルの言葉に頷いた。レティシアはつまらなそうに口を尖らせた。

「で、今日はどうしたのよ」

どうせどうしようもないことに決まっているが、一応聞く。レティシアは、決まりが悪そうに、両手を揉み合わせた。

「ええーと、ちょっと、不機嫌にさせちゃったっていうか……」

「どうせお前が悪いすぐに謝ってこい」

早口で言うナディルに私も高速で頷く。

「ひ、ひどいこの夫婦……勝手に決めつけて……」

「事実でしょう?」

私が言うと、レティシアはうなだれた。

「えーっと、侍女のね、マリアと、衣装取り換えっこごっこして遊んでたんだけど……」

何をしているんだ。

この時点でツッコミたくなったが、我慢して大人しく聞く。

「調子に乗って、マリアになりきって侍女の仕事を手伝ったのがいけなかったみたいで……」

本当に、何をしているんだ。

「兵士の人たちに気軽に接しちゃったことに怒ってるクラーク様から匿ってほしいかな」

えへへ、とレティシアが何かを誤魔化すように笑う。

「匿ってほしいと言われても……」

私とナディルは、レティシアの向こうへ視線を向ける。それに気づいたレティシアはみるみるうちに青ざめた。

「レティ」

耳に通るいい声を聞いた瞬間、レティシアが飛び跳ねた。動きの悪いブリキ人形のような動作で後ろを振り向く。

「俺は、兵士の手を気軽に握っていいなどと言ってはいない」

低い声で告げた王太子、クラーク殿下にレティシアはプルプルしながら弁解した。

「ちょ、ちょっと剣を見せてもらおうとしただけで……あれはたまたま手が当たっちゃっただけで……」

クラーク殿下は怯えるレティシアを担ぎ上げた。

「ひえええ」

「世話になったね」

真っ青な顔のレティシアはかわいそうだが、自分で蒔いた種だ。力にはなれない。

去っていく二人を見ながら、私とナディルは頷き合った。

「毎回嵐みたいね」

「ああ、いいかげん避難所にするのはやめてほしいな」

ふう、と二人でテーブルに置いてある紅茶を口に含んだ。ああ、残念、冷めてしまっている。

「ところでちょうどいいから言っておくが」

ナディルがこちらを見つめる。

「俺もお前が男に触れられるのは気に入らない。いいか、たとえベンでもだ」

……そういえば、ベンとの握手でも怒られたのだった。

ナディルは、クラーク殿下のように、あそこまであからさまに態度には出さない。たとえ、私がうっかり誰かと手が触れてもあそこまで追いかけ回さないだろう。

でも、不快に思って、その手を思わず払ってしまうことはある。

——あれは独占欲だったのね。

あの当時はわからなかったけれど、随分前から気にかけられていたと思うとむしろ、嬉しい。

「わかった」

笑顔で返事をすると、ナディルは満足そうに微笑んだ。

でもちょっとあの可愛いヤキモチは焼いてほしい気がする。

ノベルス版　番外編　ナディルの初恋

「父上！」

書類を片手に父の執務室に入ると、父は本を片手にのほほんとしていた。

「なんだい？　慌ただしいねナディル。どうしたんだ？」

「これです！」

手に持っていた書類を父の机に叩きつける。それを手に取り読んだ父は首を傾げた。

「どこかおかしい？」

「おかしいとかのレベルではない！　なぜ気づかない！」

父の手の書類を取り上げた。

「この、金額！　ありえないでしょう！　桁が違う！　なぜ気づかないのです⁉」

「え、えー？　そうかな？」

うーんと父は再び書類を見る。

「私は難しいこと苦手だから、全部部下に任せてるんだよね」

「だからいけないんです！」

書類を再び父の手から奪い取っておかしい数字を指差す。

「いいですか？　これの予算はこんなに必要ありません。絶対余ります。そのお金はどこに消えたと思います？」

「うーん、どっかに余って置いている？」

「この書類を作った部下がくすねているんです！」

え⁉と驚愕の顔をしている父の顔を殴りつけてやりたい。

「父上が確認しないですぐサインするからこういう不正が出てくるんです！　彼は憲兵に引き渡しました。いいですか？　父上、もっとしっかりしてください！」

父に詰め寄ると父が引きつった顔をする。

「そんな……引き渡すなんてかわいそうじゃないか」

「あなたが気にするべきはそこではない！」

手で殴るのは我慢して書類を顔面に押しつけてやる。

「不正したら罰せられるのは当たり前です！　横領罪ですからね！　犯罪者をかわいそうだなんて思っているんじゃない！」

「で、でもぉ……」

父が困ったように眉尻を下げる。

「彼、小さいお子さんいたし、甘く見てあげてもいいんじゃ……」

俺の表情に気付いて言葉を止めたがもう遅い。

今日一番の声で怒鳴りつけた。

くそ！　くそ！　くそ！

俺は怒りながら屋敷を飛び出した。

「なぜ俺の親はあんなに馬鹿なんだ⁉」

おかげでしなくてもいい苦労をする。まだ十歳だというのに、我が家は俺の肩にかかっている。

父は一人息子でとても可愛がられて育った。ただニコリとしただけで褒められ、そこにいるだけでみんなが喜ぶ。おかげで人がいいだけのボンクラに成長した。

母も、嫁いで子供を産み、常に夫に付き従うようにと教えられて育てられた元深窓のご令嬢だ。仕事は何もできない。

祖父がいたころはよかった。祖父は子育てには失敗したが、仕事はできる人だったから。

「祖父から俺がいろいろ教わってなかったらとっくにうちは終わっているというのに！」

なのに！

「言うにことかいて、俺が怖いだと⁉」

息子を怖いと言いながら泣く父親がどこにいる！　うちにいるよ！

「やってられるか！」

むしゃくしゃしたまま馬車に飛び乗り、特に目的地も決めず、御者に適当に走るように命じる。見慣れない景色を眺める。

外は俺の荒んだ心とは裏腹に、とてもいい天気だ。

ふと、子供の楽しげな声が聞こえた。チラリと見ると、寂れた孤児院がある。

「止めろ」

「え？」

「馬車をここで止めろと言った」

「は、はい！」

御者は大慌てで馬を止める。俺は馬車から降りた。

「俺が戻るまでここで待っていろ」

「は、はい」

俺は孤児院に歩いていった。

さすが寂れた孤児院。柵もボロボロで簡単に裏から入れた。

中に入ってから俺は何をしているのかと冷静になるが、何もしないまま馬車に戻るのも気が引ける。

子供たちの声がしないほうへと進むと、中庭らしき場所に出た。そこに座り込んでため息をつく。

「何をしているんだ俺は……」

うっかり楽しそうな子供の声にひかれて来てしまった。

正面から堂々と入るわけにもいかず、こうして潜り込んでいる。

本当に何をしているんだ俺。

はあ、ともうひとつため息をつく。

「ねえ」

突然の声に驚いてビクリと体を震わせる。おそるおそる声のしたほうを振り返ると、自分より少し年下くらいの子供がいた。髪は短く、一瞬少年かと思ったが、スカートを穿いていたので少女だとわかった。

「あなた誰？　どこから来たの？」

「……お前に関係ないだろ」

「私ここに住んでるから関係あるわ」

「………」

少女の言葉に答えず、地面を睨みつけた。放っておいてほしい。

「あなた、暗いのね」

「……は？」

少女の言葉を不快に思い、再び顔を上げる。

「何か悩み事があるんでしょう」

「どうしてそう思う？」

「そんな綺麗な服を着た坊ちゃんが、こんな寂れた孤児院に入り込むんだから、そうとしか考えられないと思って。ただ迷っただけなら誰かに声かけてすぐ帰るだろうし」

「…………」

何もかも見透かされていて黙り込んだ。肯定もしたくない。無言を貫いていると、子供が増えた。最悪だ。

「アナ、誰そいつ」

「んー、友達？」

「はあ⁉」

会ったばっかりで友達など冗談じゃない！

声を荒らげる俺に覆いかぶさるように近寄ってきた少女は、小声で話してくる。

「友達ってことにでもしておかないと、すぐにここから放り出されちゃうわよ？」

「…………」

それは困る。少女は黙り込む俺の手を握ると強引に立たせた。

「お、おい！」

「なーにをうじうじしてるかわからないけど、じーっとしてるからいけないのよ！　体動かしたらそんなこと考えてる時間もないわ！　ということであなた鬼ね！」

「は⁉」

「逃げろー！」

少女は、十数えてねー、と言いながら走り去っていく。

「おい！」

抗議の声を上げるも誰も聞いてくれない。遠くから再び聞こえた、十数えてー、という声にしぶしぶ数を数え始める。

これは知っている。鬼ごっこというやつだ。誰かに触ればいいはずだ。

追いかけた子供に近づいて、指先でツン、と触ると不思議そうな顔をされた。近くにいた少女が大声で笑う。

「鬼ごっこしたことないの？　こうしてタッチするの！」

そう言うと、パン、と俺の背中を叩いた。

「そ、そんなに思いきり触るのか……」

「そうよ。ほら、タッチ！」

俺たちのやり取りをきょとんとしながら見ていた子供に、少女に言われたように、タッチする。

「で、逃げる！」

「あ、ああ」

言われて走りだす。クスクス少女が笑う。俺も楽しくなってきて笑った。ああ、久々に笑った気がする。

いくつか遊びをして、少女が滑り台を教えてくれることになった。

少女が滑り台の上から声を上げる。

「いい？　ちゃんと見ててよー！」

「わかった」

俺の言葉を聞いて大きく頷いた。

「じゃあ、いっきまーす！」

元気よく声を出して少女は滑り台を滑る。こんなスイスイ滑るものなのかと感心していると、少女が近づいてきた。

あれ、これ……。

「きゃー！　どいてどいて！」

案の定、滑り台の下にいた俺に少女がぶつかる。その勢いのまま倒れ込んだ。下は砂場だが痛い。あと上に乗った少女が重い。

「おい、どいて……」

くれ、と続く言葉はどこかに消えた。

少女の、スカートが。捲れて。

捲れて。見えて。

クマが見える。

「うぅ、痛い……」

少女の声で我に返った。

「だ、大丈夫か？」

「うん、ごめん……」

謝りながら、少女はようやく自分の体勢に気づいたようだ。みるみる真っ赤になる顔は面白かった。

でもそのあとはいただけない。

「ば、ばかぁ！」

バチン、と手痛いのをもらった。

真っ赤に腫れた頬を、濡れたハンカチで冷やす。

「ごめんねごめんね！　つい！」

少女が泣きそうな顔をする。

「いや、大丈夫だ」

ちょっと痛いだけで。

「今日、久々にスカート穿かなきゃよかった」

普段穿かないからスカートなことをすっかり忘れていたと少女は言う。ということは普段はズボン派なんだなと覚えておいた。

「パンツは結婚相手にしか見せちゃダメってママが言ってたのに……」

じんわり、と少女の目に涙が浮かぶ。

「もうお嫁にいけない……」

「不可抗力なんだから仕方ないだろ」

「……うん」

そう言うも、少女の目にはいまだに涙が見える。

「もし……」

「うん？」

俺は少女を見つめながら言う。

「もし嫁にいけなかったら、もらってやる」

真剣な顔で言う俺に、少女はきょとんとしていたが、目尻にあった涙を拭いながら、ふふふと笑った。

「ありがとう！」

その笑顔にドキリとして、顔をそらす。

「あー、楽しかった！」

元気な声で少女が言う。もう夕方だ。俺が帰る時間だとわかったのだろう。

「あ、あの……」

妙に緊張して俯いた。

「何？」

「……今日はありがとう。すっきりした」

小さな声ながらも、礼を述べると、少女は屈託のない笑みを浮かべた。

「どういたしまして！」

その顔があまりにも可愛らしくて、顔が赤らんでいくのがわかった。

「その……」

「ん？」

「お前、好きな奴とか、いるのか……？」

「好きな奴……？」

少女は逡巡するも、何か思い浮かんだようでぱっと顔を上げた。

「王子様！」

「おうじさま……？」

「物語の王子様はかっこいいの！　お金持ちで大きなお城に住んで、顔も綺麗で！　やっぱ結婚するなら王子様よね！」

俺はよくなった機嫌が急激に悪化するのがわかった。

「王子様と結婚できるわけないだろう」

俺の言葉に少女はムッとして頬を膨らませた。

「できるもん！　迎えに来てくれるもん！」

「ありえないな。王子様が庶民を相手にするか」

「物語では下町育ちの子が王子様と結婚するもん！」

「ありえない！」

「ある！」

「ありえない！」

「ある！」

しばらく言い合いをし、お互い息切れしながら睨み合う。

睨み合いから先に視線をそらしたのは俺だった。

「……俺が迎えに来てやる」

「え？」

勇気を出した声に少女は首を傾げた。

「王子様じゃないけど、それに近くなってやるからな」

待ってろ。

それだけ言うと、赤い顔のまま、御者が待つ馬車まで走っていった。真っ赤な顔の俺に御者は驚いた顔をしていたが、何も聞かず、馬車を出してくれた。

絶対、嫁にしてやる。

できた目標を胸に、家路についた。

家に帰ると、俺の機嫌を直そうとした父の手によって作成された不備書類の山が用意されていた。

それに頭を悩ませている間に、少女がどこかへ引き取られたと知るのは、また少し後のことである。

ノベルス版　番外編　ご両親へのご挨拶

「けけけけ結婚⁉」

ナディルと両想いになったあと、すぐさまナディルが「父母に紹介する」と段取りを組んだ。

結婚すると報告すると、ナディルの父である現ドルマン公爵家当主、カーティスさんが、驚愕の声を上げた。

ちなみにナディルのご両親は王都にある本邸には住まず、そこから馬車で二日ほどの距離にある屋敷に住んでいる。ナディルは「隠居してもらっている」と言っていた。

「あらあらあら」

ワタワタする父親に対して、母親であるシェリーさんは落ち着いた様子だ。

カーティスさんは私の目を真っすぐ見て言った。

「君は正気かい⁉」

「どういう意味ですか父上」

「ひえ」

息子に凄まれて縮こまる姿には威厳も何もない。

「いや、待って、大事なことなんだ！　……何か弱みを握られたり脅されたりしてない？」

「父上……？」

「い、いやだってぇ」

目を潤ませながら自分の妻の後ろに隠れたカーティスさんは、小動物のようだ。

私は、ナディルを宥めるようにその背をトントンと軽く叩いて下がらせた。

咳払いをひとつしてから、私はしっかりと二人の顔を見て言った。

「あの、脅されても弱みを握られてもいません。きちんとご子息様をお慕いしております」

そう言うと、シェリーさんは納得したように頷き、カーティスさんは未だに信じられないものを見るような目でこちらを見てくる。

「……本当に？　我慢しなくていいんだよ？」

「父上しつこい」

「うっ……」

ナディルに睨まれ、再び妻の後ろに隠れたカーティスさんはもはや半べそだ。

「うちの人がごめんなさいね、ブリアナさん」

自分の後ろに隠れる夫など慣れたものなのか、シェリーさんが私に向けて謝罪する。

「い、いえ」

「この人、ナディルにいつも叱られているものだから、怯えてしまって。でも元を正せばこの人が悪いのよ」

「シ、シェリー……」

恨みがましい目でシェリーさんを見つめるカーティスさんに、シェリーさんは小首を傾げた。

「あら？　私何か間違ったこと言ったかしら？」

「……いえ……言って……いません……」

カーティスさんは、息子だけでなく、妻からも責められ、すっかりしぼんでしまった。

頼りないように見えるけれど、この人が当主で大丈夫なんだろうか。

「この人、こんなだから……ナディルは小さいころから、公爵家を一人で切り盛りしてきたのよ」

ふう、と息をつくシェリーさんはとても子供が二人いるようには見えないほど、若々しい。

「あらいけない。立たせたままで話してしまってごめんなさいね。さ、座ってくださいな」

「ありがとうございます」

どうぞ、と座って紅茶を飲むように促されて、席に着く。シェリーさんも座り、ナディルに怯えながら、カーティスさんも席に着いた。ナディルも私の隣に座る。緊張していたのだろう、喉を潤す水分にほっとする。

そんな私を微笑ましげに見ながら、シェリーさんは話を続けた。

「私も何かできたらよかったんだけど、残念ながら、知識も才能もなくて……社交だけはできたから、それだけは頑張ったのだけど……やはり悪いことをしたと思っているのよ」

昔のことを思い出しているのだろう。シェリーさんの目は少し潤んでいる。カーティスさんはバツの悪そうな顔をした。

「うん……それは私も悪かったなと思っているんだよ。僕は遅くにできた子供だからと甘やかされて、それをずっと甘受してしまった。いざ自分の代になったらまったくの役立たずで……ナディルには苦労ばかりかけて……」

「ええ、苦労ばかりでした」

「う、うぅ……」

ナディルにバッサリと切り捨てられたカーティスさんは、俯いてしまった。

「ナディルは他人のことも損得で見るようになってしまって、心配していたのだけど……」

シェリーさんはほっそりした美しい指で、自らの涙を拭った。

「まさかお嫁さんを捕まえてくるだなんて！」

ぱあ、と華やいだ顔で微笑まれ、少しあとずさりしてしまった。

シェリーさんは嬉しくてたまらないという表情を隠さず、ずいずいと私に寄る。

「安心してね。私たちが本邸に住むことはないから、姑と舅のことは遠くにいる人だと思ってくれて大丈夫よ。あ、でもたまに会いに来てくれると嬉しいのだけど……」

「しょっちゅうは来られないと思いますが、たまに遊びに来ますね」

「まあ嬉しい！」

キラキラした瞳で見られ、思わず微笑んだ。

「そうだ、結婚式の衣装はどうするの？　なんなら私も一緒に、仕立て屋と――」

「俺が一から十まで準備するから大丈夫です」

シェリーさんの言葉をナディルは遮る。シェリーさんはぽかんとしていたが、クスクスと笑いだした。

「あらあら、独占欲でいっぱいだこと。人に執着する子ではなかったから、いざ愛する人ができると、すごいのねえ」

「母上」

「あら、ごめんなさい」

ちっとも申し訳なさそうに見えないシェリーさん。ナディルは少し頬を赤らめていた。もしかして図星なのかしら。

そういえば前から私の服ってナディルが全部選んでいるのよね。え……そ、そんな前から独占欲出してたのかしら。

恥ずかしくなって俯くと、シェリーさんの柔らかい笑い声が聞こえた。

「ふふ、嬉しいわねえ」

シェリーさんは私の手をそっと握った。

「ブリアナさん」

「は、はい」

「ナディルはちょっといろいろわかりづらい子だけれど、本当は優しい子なのよ。だから、どうか、仲良くしてあげてね」

その言葉に、私は笑みつつ返した。

「ええ、もちろん。その不器用さも愛しています」

安心したようにシェリーさんも笑みを深めた。

「結婚式も、ナディルがすべて手配すると思うけれど、何か自分でもしたいことがあったら、遠慮せずに言うのよ。もちろん、結婚式について以外もね。夫婦になるのだものね」

「はい」

「もしケンカをしたらいつでも頼ってきてね。といっても、姑に相談はしにくいかもしれないけれど……同じく嫁いできた者として、私はあなたの味方だからね」

「はい」

頷いていると、シェリーさんは、はっとしたように口を閉ざした。

「年を取ると話が長くなってしまっていけないわね……。口うるさい姑でごめんなさいね」

「いいえ」

ナディルへの愛ゆえだろうことも、私を心配してくれていることもよくわかっている。

その気持ちはとても嬉しい。

これが結婚して、相手の家族とも結びつくということなのだろう。

「そうだわ、ぜひ私のことはお母様と呼んでちょうだい！」

「え？」

「あら、まだ抵抗があるかしら？」

少女のような瞳で言われ、私は首を振った。

「お、お母様……？」

照れながら言うと、シェリーさんは感激したように口を覆った。

「まあなんて可愛いの！　も、もう一度呼んでみてくれないかしら？」

「お母様」

「まあまあ、こんな可愛い義理の娘ができるだなんて！」

シェリーさんは感動した様子で頰に手を当てる。

「ナディルは親に甘える子じゃなかったから、すぐに『父上』『母上』と呼ぶようになってしまって……レティシアのいる前でだけ、レティシアに覚えさせるために、『父様』『母様』と呼んでいたけれど……思えば、レティシアの教育も、ナディルに任せてしまっていたのよね……情けないわね……」

また何かを思い出してしまったらしい。お母様はしょぼんとして俯いてしまった。

「あの……でもナディル、レティシアと仲悪くはないみたいだし、たぶん本気で嫌がってはいなかったんじゃないかと思います」

「そう、かしら」

顔を上げ、シェリーさんは少し不安そうにしている。

「そうだといいわね」

「きっと、そうですよ」

私の返事に嬉しそうに微笑みながら、紅茶を口に運んだ。

「あの子と、どうか幸せになってくださいね。あなたも随分と苦労なさったのでしょう？」

「ご存知なのですか？」

知られていると思っていなかった私の驚いた顔を見て、シェリーさんはイタズラが成功した子供のように笑った。

「ふふふ、言ったでしょう？　社交は得意なの」

恐るべし社交界の情報網……。

私は本当にそんな社会で生き抜けるだろうかと少しの不安を抱いた。

「大丈夫、社交はそんな怖くないわ。慣れたらへっちゃらよ」

「そうですか」

「そうよ。それに、きっとあなたの隣からナディルが離れないでしょうから、何も心配いらないわ」

「……そうですね」

ナディルはきっと守ってくれる。

でも、できればナディルを守れるようになりたいな。

これからいろいろ学んで、ナディルの力になれるようにしよう。

心を決めると、シェリーさんにも気持ちが通じたのか、笑みを浮かべられた。

そのシェリーさんの視線がふいに横にそれた。

「ナディルとケンカしている誰かさんの相手もたまにしてもらえると嬉しいのだけど」

言われて横を見ると、ナディルに頭を摑まれているカーティスさんが目に入った。

「しつこいんですよ父上は」

「でも、だって、本当にいやいやだったらかわいそうじゃないかあ」

「実の父親にそういうことをする男だと思われている俺はかわいそうじゃないんですか」

「いや、でもさあ……実際ブリアナさんと両想いにならなかったらどうしてた？　囲い込んだんじゃないの？」

「…………」

「ほらあ！　ほらあ！　父さん間違ってないだろう⁉　っていだだだだだ、力入れないで！」

楽しそうにじゃれ合っているように見える。シェリーさんが私に視線を戻して言った。

「仲はすごくいいわけじゃないけれど、悪くもないのよ。ただちょっとあの人が無神経で仕事できないだけで」

「妻が私のこと詰ってくる！」

「事実だからですよ、父上」

容赦ないナディルの言葉に、シェリーさんと顔を見合わせて笑う。
これからも、こんなふうに、穏やかに日々を送りたい。
ナディルと一緒ならきっとそれが叶うだろう。
嬉しくなって、私はもう一度笑った。

ノベルス版　番外編　こうしてベンは執事になった

「もういない……？」

思わず漏れた力ない声に、施設長である女性は申し訳なさそうな顔をする。

「ええ、少し前に引き取られてしまったの」

ごめんなさいね、と言われたが、どうしようもない脱力感が襲う。

——アナを引き取る予定で、やっと仕事を片づけて孤児院を訪問したのに。

その肝心のアナは、すでに引き取られてしまったという。

ショックで一瞬思考が停止してしまったが、すぐに頭を振って施設長に向き直る。

「どこに引き取られたかは……」

「私は、この孤児院の経営者の方に言われて準備をするだけで……詳しいことは……」

「経営者は」

「数年前にこの地域を治めていた領主様が亡くなられて、親戚筋の方が引き継いだのですが……」

施設長は困ったように眉を下げた。

「その……あまりこちらに興味がないようで……以前も引き取られた子供について聞いたのですが……」

新しい経営者はほぼ孤児院に関わってこないようで、子供の引受先についても「心配ない」としか言われず、こちらから十回ほど問い合わせてようやく返事がくるような有様らしい。

しかし、他に手立てはない。その経営者に問い合わせよう。

「わかった。邪魔をしたな」

「いえ、お力になれず、申し訳ございません」

子供相手でも態度を変えず、しっかりした対応をする施設長には好感が持てる。

きっと、子供たちにも真摯に接しているのだろう。だからこそアナは孤児でありながらあんなに真っすぐな性格に育ったのだろう。

「ママー！　遊ぼー！」

施設長の足に飛びついてそう言ってきた子供は、鼻水を垂らしていた。

「またあなたは鼻を出して……出てきたらすぐ鼻をかみなさいと言ったでしょう？」

言いながら、施設長がポケットから出した鼻紙で鼻を拭いてあげている。

子供はされるがままになりながらも、言い訳をした。

「だって延々と出てくるんだもん！　鼻が痛くなっちゃうよぅ！」

そしてその子供には見覚えがあった。

「ベン、だったか……？」

この間、アナと一緒に遊んだ子供の一人だ。鼻が垂れていたからよく覚えている。アナが「鼻タレ小僧のベン」と呼んでいた。そのままだなと思っていた。

ベンは俺の声に反応して、施設長にしがみついていた体を離し、こちらを向いた。

「あ、この間のお兄ちゃん！」

覚えていたようだ。ベンは嬉しそうに笑いながら今度は俺の腕を取った。

「今日も遊びに来たの？　遊ぼう！」

ぐいぐい手を引かれ、慌てた施設長が間に入る。

「こらベン、いきなり人の腕を引っ張ったりしたらいけませんよ」

「うぅ……ごめんなさぁい」

しょんぼりするベンには申し訳ないが、今日は遊びに来たのではない。それにすぐさまアナの行方を探さなければならない。

「悪いが、今日はアナの……」

「アナ姉？」

ベンは小首を傾げながら言った。

「アナ姉はね、チョコレートが好きなんだよ！」

「……何？」

突然出てきたアナの情報に目を見開く。するとベンは興味を持たれたと思ったのだろう、興奮した様子でさらに続けた。

「あとはね、お金の計算するのが好きでね！　あとね、かけっこが一番速いんだ！　動きやすいからズボンをよく穿いてたけど、本当は可愛いものが好きなんだよ！」

アナの情報を捲し立てた子供は、腰に手を当ててご満悦である。

「ご、ごめんなさい……この子、アナと仲が良かったから、きっと寂しいのね」

おそらくフォローのつもりなのだろう。施設長がベンの頭を撫でながら、説明する。

俺はまた鼻水を出し始めた子供を見て、決心した。

「その子をもらおう」

「──という経緯でベンを引き取ったんだが」

ナディルがチラリとベンを見ると、ベンは冷や汗をかいた。

「こいつ、それ以上の情報を持っていなかったんだ」

ジロリと睨まれて、ベンが竦み上がった。

「い、いや、他にも教えたじゃないですかぁ……靴のサイズとか……」

「あの年ごろの子供の靴のサイズを知ってどうする？　すぐ成長するだろうが」

ごもっともである。

ベンはさらに縮こまった。

「仕事も覚えられないし、とんだものを拾ったと後悔したものだ」

「ひ、ひどいですよー！」

ベンがわめくが、もし私の情報を得たくて引き取ったのなら本当に役立たずであっただろう。

「でも、そのまま面倒見てたのね？」

思わずにやりとした顔でナディルを見ると、不快そうに眉を顰められた。

「……一度引き取ってしまったからな」

ナディルの言葉に感動したベンは、ナディルに抱きついた。

「坊ちゃん！　一生俺の面倒見てくださいねえええ！」

「ええい！　うっとうしいし、自分の面倒ぐらいいい加減自分で見ろ！」

「無理ですよ！　俺自分が体調悪いのにも気づけませんもん！」

「この馬鹿が！」

じゃれ合っている二人を見ながら、チョコレートケーキを口に運ぶ。

──この家、どうしておやつにチョコレートが多めなんだろうと思ってはいたのだ。

しかし好物なので、むしろ大歓迎だから、余計なことは言わないでおいたのだが。

「まさかそんな情報を得るために、ベンを引き取っただなんて」

パクリ、とまたひと口に運ぶ。

「結局お前も探し出せなかったし……」

ナディルがため息をついた。

「施設長の言う通り、経営者がずぼらな奴で、なんにも資料が残ってなかったし……まあそれをネタに脅してほぼ無償で施設の運営権や諸々を引き取ったが」

さすがナディル。隙を見つけたら絶対つついてくる男である。

「しかも、お前、『アナ』っていうのは正式な名前じゃなかったらしいじゃないか」

恨みがましい目で見られ、思わず頬が引きつった。

「い、いや、どんな名前をつけられてもなじめるように、うちの施設では子供たちに簡単な名前だけつけるのよ。で、引き取られたら、その親が正式な名前をつけて届けを出すんだけど……」

だから、ナディルでも私を探せなかったのだ。

ずぼら経営のせいで情報はほぼなし。そして唯一の手掛かりだった名前も正式なものではなかった。

「な、なんかごめん……」

悪いことをした気分になって謝ると、ナディルは仕方がないことだと首を振った。二人のどちらかが悪いのではない。様々なタイミングが悪かったのだ。

気まずい空気をなくすように、私は以前から疑問に思っていたことを聞いた。

「でも施設自体をナディルが面倒見る必要はなかったんじゃないの？　本来は管轄違った

んだし……」

　まあ、あのままずぼら経営が続くのは、施設出身者からすると、嫌ではあるけれど。

　私の問いにナディルが顔を赤らめた。

「お前が、ふと遊びに来るかもしれないと思って……」

　照れた様子のナディルに、私もつられて赤くなる。

「そ、そんな……来るかどうかもわからない私のために？」

「……悪いか」

　耐えきれなくなったのだろう、ナディルがプイと顔をそらした。その様子を可愛いと思ってしまう私も大概である。

「ありがとう」

「……ああ」

　そっぽを向いたままのナディルに礼を述べると、小さな声で返事があった。

　――本当に、私の前では可愛い男である。

　私はナディルに近づき、笑いかけると抱きついた。ナディルは固まっていたが、ゆっくりと腕を背中に回した。

　しばし、この幸せな気分に浸りたいので、ベンの「俺の存在……」という言葉は聞こえなかったフリをした。

文庫版　番外編　エイベルとナディル

「そういえば二人はどうやって仲良くなったの？」

私はなぜか夕食の場に普通にいるエイベルとナディルを見ながら言った。

「え⁉　気になる⁉　気になっちゃう⁉」

「いやそこまでではない」

エイベルが食い気味に言ってきたので即否定してしまったけれど、エイベルはこちらを気にせずナディルに意味ありげな視線を向ける。

「じゃあ語るか、私とナディルの感動的な出会いを」

「別にいい」

「あれはまだ思春期前のお互い子供だったころの話だ」

ナディルが鬱陶しそうにしたが、そんなナディルがまるで視界に入っていないかのようにエイベルは語り始めた。

「私はスリに遭った」

「待って」

話を聞いてあげようと思ったが初っ端から引っかかってしまった。

「スリ？」

「スリだ。そのときの有り金全部スられた。ははは」

エイベルは明るく言っているが笑い事じゃない。

「街にお忍びで遊びに行ったんだ。一般人に紛れて」

「紛れられてなかったからスられたんだ」

エイベルの言動をナディルが補足してくれる。

「従者もいないし、帰りの金もないし、お腹も空いたしどうしようかな、と思っていたら、一連の流れを見ていたらしいナディルが現れて、『金をやるからさっさと帰れ』って言ったんだ」

「大泣きしてて見苦しかったからな」

泣いたんだ……いや、私も泣くかもしれない。お金がスられるなんて悔しすぎる。泣きながら相手を地の果てまで追いかけ回す。

「だから私は言ったんだ。『いや、結構』と」

「なんで!?」

一文無しなのになぜ断る!?　そこは受け取っておかないとどうにもならないでしょう!?

エイベルは淡々と私の質問に答えてくれた。

「私にもプライドがあったからね。見ず知らずの他人からお金の施しを受けるなど、受け入れられるはずがないじゃないか」

「当時から状況を見ることができない奴だったんだ」

ナディルの解説は的確だけど、的確すぎて刺がある。

「面倒だが放っておけないからお金を押しつけて帰ろうとするのに絶対受け取らないし、かといって何か策があるわけでもないから、とても面倒くさかった」

それはかなり面倒くさい……ナディル、よく相手してあげたわね……。

ナディルは私の呆れた表情を見て頷いた。

「結果、スリ連中を壊滅させた」

「なんで⁉」

途中経過をすっ飛ばした結論に私はツッコミの声を上げた。

今の話からどうしてそうなった⁉

「私がいたのってナディルの領地だったんだよ。自分の領地じゃすぐに私のことがバレてお忍びでのお出かけにならないからね」

「俺はその日、街の治安の確認に行っていたんだ。最近はスリをする集団がいることが確認できていたから、それをどう潰すか考えていた」

ナディルが食後の紅茶を口にする。

「で、そのときちょうどこいつがスリに遭った」

「幸い私はスリをした人間が子供だったことを確認した」

「そうなれば話は早い。その辺に親を持たない子供の集まりがないか探し出し、見つけ、彼らが生きるためにスリをしなくていいように更生施設の設置と、今後彼らのような者が出てこないように、孤児院の増設と設備投資をした」

「そして私は彼らを捕まえるために数日間ナディルの家に厄介になり、友情を育んだってわけ」

「金なしが家に帰る金がなくて居座ったんだ」

二人の認識に誤差があってちょっと面白い。

「まさか子供がすでに領地の管理をしているとは思わなくて私は感動したよ。そしてそれが私の親友なのだからね！」

「家に泊めただけで親友になっていて俺は驚いた」

「ふふふ、生涯の友を得たな！」

ニコニコしているエイベルに、ナディルはちょっと鬱陶しそうにしていた。

しかし、私は知っている。この表情のナディルが本当は嫌がっていないことを。

「ナディル」

「なんだ？」

「よかったわね」

にっこり笑みを浮かべて言えば、ナディルは一瞬間を置き、「……まあな」と答えた。

文庫版　番外編　ブリアナ両親へのご挨拶

お互い初恋だったことが確認できた私はそのことにホクホクしていたが、すぐにナディルが言った。

「ケジメをつけないとな」

ケジメ？　と思ったが、彼の言うケジメが何か、私は目の前の光景を見て、理解した。

今、ナディルは私の養父母と対面している。

緊張した面持ちの父母に、ナディルが頭を下げた。

「娘さんを私にください」

俺という一人称を私にし、爵位的には下である父母に丁寧に頭を下げるナディル。

「私は彼女を必ず幸せにします。娘さんが望むようにしてもらいます。籠の鳥にする気もありません。ご両親にもいつでも会えるようにします」

父母は慌てたように「頭を上げてください」とナディルに言った。

ナディルはその言葉を聞いて、ようやく頭を上げた。

「ここで私たちがすぐにどうぞ、と返事するのがきっと正解なのでしょうが、それはできません」

どういうことなのだろうか。私たちの結婚に反対ということ？

少し不安になった私に、母は訊ねた。

「結婚はちゃんとあなたの意思ね？」

あ、そうか。私の気持ちをちゃんと確認してくれたんだ。

「我々にとって大事なのはブリアナの気持ちなのです」

「この子が望まない結婚はさせない。……しかし、この子が望んでいるのなら、反対などするはずがない」

父母はお互い顔を見合わせて頷いた。

そして深く頭を下げる。

「どうか、末永く娘をよろしくお願いします」

「お父様、お母様……」

私は両親からの愛を感じて、二人の気持ちにじんわりと胸が温かくなった。

ナディルが私の肩を抱いた。

「必ず幸せにします」

ナディルの力強い言葉に胸がドキンとする。

そう、私はナディルと幸せになるのだ。

「お父様、お母様、今までお世話になりました」

私は二人に頭を下げた。

「これからは、この人と幸せになります」

頭を上げて父母を見ると、二人は感動したようにうんうん頷いて涙を拭っていた。

それを見て私は安心した。

——が、あることに気づいた。

「待って、お母様、お父様。二人とも、私の気持ちを聞く前に、私とナディルを一緒の部屋にしたわよね？」

ギクッ！

二人が明らかに動揺した。

「それは、ほら、話を聞いててナディル様がブリアナを好きなことはわかっていたし」

「それにブリアナの初恋の子の話と一緒だからきっと両想いなのがわかってたし」

焦ったように説明する父母に、私はじっと視線を向けた。

「じゃあ結婚するというのもわかってたんじゃ……」

「わかっててもこういうのは必要じゃないのぉ。ねえ、お父さん」

「そうそう！　親としてやっぱりこういうの経験してみたいじゃないか。なあお母さん」

「お父様、お母様……」

二人に呆れてしまう。しかし、二人とも楽しそうで、そして本当に私の意思を尊重してくれたこともわかる。

「お世話になりました。私はこの家の娘になれて幸せでした」

再び頭を下げると父母は笑った。

「あなたはたとえこの家を出ても、私たちの娘よ」

「いつでも好きなときに帰ってきなさい。ここがお前の実家だ」

「お父様、お母様……」

孤児だった私を、本当の娘として愛してくれた。

彼らの娘になれて、本当に幸せだった。

そして――。

ナディルがギュッと私の肩を強く抱く。

私はナディルを見た。ナディルはいつもの嫌な笑みではなく、優しく微笑んでいた。

そして、私はまた彼と幸せを作っていく。

私は今までとこれからの幸せを噛みしめながら、肩を抱くナディルの手にそっと触れた。

ノベルス版　あとがき

初めましてもそうじゃない方も、こんにちは。沢野（さわの）いずみと申します。

『没落寸前だけど結婚したい私』をお手に取っていただきありがとうございます。

今回書かせていただいた『没落寸前だけど結婚したい私』は『妃教育から逃げたい私』の続編として、『妃教育から逃げたい私』に登場している主人公レティシアの友人役、お金大好きブリアナが主人公です。

前作からおそらく一番人気があるのではないだろうかというキャラだったのですが、まさか続編で主人公になるとは作者もびっくりでした。

『没落寸前だけど結婚したい私』は、前作を読んでいない方にもわかるように書いたつもりなのですが、いかがだったでしょうか？　前作を読んでいなくてもわかるのですが、前作を読んでいるとちょこちょこ登場してくるキャラクターたちに、おお、と思っていただけるかもしれません。

『妃教育シリーズ』は、基本シンプルなラブコメディーを目指しているので、今回もごちゃごちゃした設定はつけず、シンプルかつ平和な物語となりました。

実は『妃教育から逃げたい私』を書いているときからブリアナとナディルのカップリングの話は作っていました。登場の時点から二人をくっつけようとは思っていまして、こうして続編としてしっかり書かせていただけてとても嬉しかったです。

ブリアナは借金のせいで守銭奴ですが、基本乙女です。庶民感覚の抜けない乙女です。前作の主人公のレティシアよりヒロインらしいかもしれません。そしてナディルはちょっと拗らせている完璧主義の男です。

完璧主義なためになかなかブリアナを受け入れず、確信が持ててから自分の住居に呼びつけるという、文章にすると少し危ない男ですね。しかし、スパダリもいいですが、こういう人間味のあるヒーローもありなのではないかと思っています。

ブリアナも普通の令嬢っぽくないので、どうなのかな、と『妃教育から逃げたい私』に載せる前からハラハラしていたのですが、思った以上に守銭奴が受けまして、作者としてもほっとしています。守銭奴令嬢っていいですよね。

エイベルは、実はライバルキャラにチャレンジしようかなと思って出したのですが、基本カップリング固定の私に三角関係は、「くっつかないほうがかわいそう！」となってしまい、仲良しなお友達になりました。チャレンジすらできずに終わりました。でも平和が好き。

ベンはキーパーソンとして登場させたのですが、お馬鹿設定を活かしすぎてしまい、あまり役に立ちませんでした。でもベンというキャラクターを作者は気に入っています。お馬鹿キャラもいいですよね。

前作主人公より、今作主人公のブリアナのほうが乙女な分、しっかり恋愛させられたかなど思っています。ラブシーンも加筆していて楽しかったです。あまりラブシーンを書かないので照れながら書いたのもいい思い出です。

続編の話をいただいたときはとてもびっくりしました。『妃教育から逃げたい私』がわりと一巻でスパッと区切りよく書けたので、続編が出ることも想定外でしたし、同時にコミカライズもと言われて目玉が飛び出るかと思いました。思わずコミカライズをググりました。

そしてどうも夢じゃなかったらしく、こうして続編発売とコミカライズ連載の日を迎えました。

コミカライズは作画を担当してくださっている菅田うり先生のアレンジの入ったもので、とても素敵に仕上がっています。キャラクターデザインなども変わっているので、『妃教育から逃げたい私』を持っている方は、原作との違いを比べながら楽しんでいただけると嬉しいです。

前作に引き続き、今作のイラストを担当してくださったのは夢咲ミル先生です。とても繊細なイラストを描かれ、イラストの中で自分のキャラクターが生き生きとしていて、とても感動しました。前作で一緒にお仕事するのももう終わりかと寂しく思っていたので、こうしてまたご一緒させていただけて嬉しかったです。私の作品を素敵に仕上げていただき、感謝してもしきれません。

本作品の出版に際して、尽力してくださった方々に、この場を借りて感謝を述べさせていただきます。ありがとうございました。

数ある書籍のなかから、『没落寸前だけど結婚したい私』をお手に取っていただいた読者様、深く感謝を申し上げます。本当にありがとうございました。

二〇二〇年三月吉日　沢野いずみ

文庫版　あとがき

初めましてもそうでない方も、こんにちは！　沢野いずみと申します。

『妃教育から逃げたい私』文庫版二巻をお手に取っていただき、ありがとうございます。

『妃教育から逃げたい私』の二巻は、一巻では悪役令嬢か⁉と思いきや、普通にいい子だったブリアナが主人公です。

おそらく『妃教育から逃げたい私』で一番人気のキャラクターだと思うんですが、みな様ブリアナ好きですか？　私は好きです！

ブリアナは平民のときの感覚を持ちながらも、貴族の跡取りとして育てられたので、どっちの気持ちもわかる子です。

相手役はナディルですが、どうでしたか、彼の拗らせ具合は。私は初恋拗らせ男子が大好物なんですよ。あと不憫なのも大好きなんですよ。いいですよね、報われてよかったねナディル。

今回、文庫用に書き下ろし番外編も書きました。

本編に入れられなかったけどみな様が気にしていたあの人とあの人の友情秘話や、ブリアナの両親へのご挨拶が書けて私は大満足です。いつかベンがナディルに引き取られてすぐのころの話とかも書きたいですね！

さて、文庫版一巻のあとがきでも書きましたが、『妃教育から逃げたい私』アニメ化決定ですー！

応援してくださるみな様、素敵な漫画を描いてくださる菅田うり先生、そして関係者のみな様のおかげです！　ありがとうございます！

本作品の出版に際して、尽力してくださった方々に、この場を借りて感謝を述べさせていただきます。ありがとうございました。

数ある書籍の中から、文庫版『妃教育から逃げたい私２』をお手に取っていただいた読者のみな様にも深く感謝申し上げます。本当にありがとうございました。

また次回作もお手に取っていただけますように。

二〇二四年五月吉日　沢野いずみ

この本を読んでのご意見・ご感想・ファンレターをお待ちしております。

〒104-8357 東京都中央区京橋 3-5-7
（株）主婦と生活社 PASH! 文庫編集部
「沢野いずみ先生」係

PASH!文庫

本書は2020年4月に小社より単行本として刊行されたものを文庫化したものです。
※この作品はフィクションであり、実在の人物・団体・法律・事件などとは一切関係ありません。

妃教育から逃げたい私 2

2024年6月10日 1刷発行

著　者　沢野いずみ
イラスト　夢咲ミル
編集人　山口純平
発行人　殿塚郁夫
発行所　株式会社主婦と生活社
〒104-8357 東京都中央区京橋 3-5-7
[TEL] 03-3563-5315（編集） 03-3563-5121（販売）
03-3563-5125（生産）
[ホームページ]https://www.shufu.co.jp
製版所　株式会社二葉企画
印刷所　大日本印刷株式会社
製本所　株式会社若林製本工場
デザイン　井上南子
フォーマットデザイン　ナルティス（粟村佳苗）
編　集　黒田可菜

　ISBN978-4-391-16244-8